3

盛唐三部曲

天地明環

黄易

【卷二十二】

第一章　巧破刺殺

秋風呼呼。

李隆基的座駕舟降半帆，船速減緩。另一艘水師船由人操槳，在右方與座駕舟並排而行，照亮了那一邊，該是提著燈籠、風燈等照明工具。

衛抗和一個鐵衛兄弟，挨著船欄和對方交涉說話。

龍鷹龍行虎步的走出艙口，與知會他出來的鐵衛兄弟，似全無戒心的朝衛抗等兩人立處舉步。

抵船欄處，龍鷹俯頭瞧下去，一目了然，船上七個水師兵，均非刺客，當中站立的兵頭，手提燈籠，舉高，朝他照上來。

驗明正身也。

在閃動的燈籠光下，龍鷹和兵頭打個照面時，龍鷹皺起濃眉，冷哼一聲，顯示因被驚動，心裡不悅。

兵頭用神瞧他兩眼後，認出他來，裝出惶恐神色，垂頭敬禮，道：「請臨淄王恕卑職驚駕之罪，只是職責在身，不得不奉行皇諭。卑職這就在前頭領航。」

接著一聲令下，眾兵槳起槳落，水師船超前，駛往船首的方向。

龍鷹和衛抗交換個眼色，由龍鷹領頭朝船頭中央的位置走去，落在外人眼裡，龍鷹的「李隆基」沒意思留在外面吹風，正返回艙內去。

眾人都心裡欣慰，若不是有龍鷹料敵機先，此刻的「李隆基」是真的李隆基，遇險的可能性極大。

敵人的佈局無懈可擊，營造出最佳的突襲時機，此時李隆基的座駕舟離左岸不到兩丈，以九野望和拔沙缽雄的身手，跨一步即可登船。

差兩步，於抵船首中線的位置時，破風聲起。

一個黑忽忽的東西，從左岸的黑暗裡橫空疾至，剎那後來到龍鷹頭頂上，從兩丈許的上方照頭砸下來。

衛抗等三人失聲驚呼，卻來不及阻截。

龍鷹不用舉頭看上去，已知來石重達一百五十斤，乃堅硬的花崗石，如被砸個正著，肯定頭裂頸折，立即身亡。擲石者能將這般重量的大石，橫拋過近四丈的距離，落點如斯準確，不但功力深厚，且富謀略。

龍鷹雖不用仰首看，早掌握落石一個清楚明白，不過由於在扮李隆基，勉為其難也須朝上看，如此正中敵人狡計，等於四人同時被砸下來的大石分散了心神，忽略敵人接踵而來的攻擊。

要面對的是反應問題。

四人是舉步往船央位置走的勢頭，以常情論之，當然是四散避開。

由於石頭砸下來的位置，是以龍鷹的「李隆基」的頭頂為目標，龍鷹往前走避，跟在他身後的三人朝後退躲，實最合理的反應。

對龍鷹來說，走前、退後分別不大，就在此時，他感應到衛抗的手朝他肩頭抓過來，以龍鷹應變的本領，亦不由心裡大讚衛抗高明了得，不負十八鐵衛之首的身份。

下一刻，龍鷹給衛抗抓著他肩頭，讓他扯得往後退。

此著盡顯衛抗的老到和應變的能力。

假若四人對不得不反應的石頭，如敵人所料般反應，龍鷹往前避，三個隨從撤後，等若龍鷹的「李隆基」落單，完全暴露在從左岸來的刺客的全力攻擊下。

當然，可由龍鷹改為與衛抗三人一起後撤，但如此便顯得「李隆基」太高明了。現在由衛抗將他扯得一起退後，是恰到好處。

「轟！」

石頭猛撞甲板，碎屑四濺。

兩道人影越過左舷船欄，落往甲板，其中一人右手一揚，擲出匕首，直取龍鷹心窩，既勁且準。

他們並沒有易容為「兩大老妖」，該因沒法辦得到，而是戴上猙獰可怕的面具，披頭散髮的，配合其鬼魅可怕的身法，令人見之心寒，為其恐怖的模樣奪神蕩魄。

龍鷹心裡慶幸，如沒衛抗拉得他往後退，此刻便要親身應對敵人的匕首遠攻，確躲不是，不躲更不是，徒露出自己的不凡身手。

不待衛抗推他一把，便裝作被推得朝艙口的位置踉蹌走去。

衛抗知機的喝道：「臨淄王入艙。」

說時拔出佩刀，疾如電閃的劈落變成往他射來的匕首。

另兩個兄弟不用吩咐，各自祭出佩刀，朝敵殺去。

在前方領航水師船上的八個人，別頭瞧來，一時不知該如何反應的模樣。

龍鷹擺出給推得跌跌撞撞的往艙口走過去，是必須和明智的舉動，因自己乃敵人的目標，否則對方幹掉多少人都沒作用。如此則可逼得對方分出一個人來向他下殺手，從而削弱敵人對衛抗等三人的攻擊力，如他退往衛抗等三人身後，不用說裝神扮鬼的九野望和拔沙缽雄勢全力向三人出手，以突破他們的防線，取龍鷹的「李隆基」小命，變成正面硬撼，以九野望等兩人的實力，實非說笑。

形勢變化下，兩鐵衛兄弟奮不顧身的撲往九野望和拔沙缽雄，衛抗則慢了一線，緊隨兩個兄弟身後。

龍鷹一看下，立即放心。

三人步伐一致，自自然然形成兩前一後、倒三角形的戰陣，動作全由所持的刀帶動，身體每個部分，莫不與刀配合至天衣無縫，臻至「人即刀，刀即人」，身、刀合一之境。凜冽無匹的刀氣，從刀鋒湧出，敵人雖仍在一丈之外，可是刀氣早已將敵籠罩，鎖緊鎖死。

當這樣的三個高手結陣而戰，形成強橫之極的氣勢，大有在沙場上一往無前、衝鋒陷陣的味道。

龍鷹終見識到鐵衛的真功夫，喜出望外，心忖即使換上自己，亦只有採取避重就輕的應付方法，絕不會蠢得與三人硬撼交鋒。

不知三人受過女帝怎麼樣的訓練，可迅速投入戰鬥，且有種視死如歸的勇氣決心，充份表現出震懾對手的死士氣魄，最為難得。

連龍鷹也代拔沙缽雄和九野望頭痛，如是兩方對壘爭雄，兩人好應聯手出擊，憑其深厚功力，先挫前兩衛鋒銳，又或以卸勁、洩勁等手段，帶開前兩衛，再全力強攻後來的衛抗，望能一舉破陣。

在如此情況下，壓根兒沒纏戰的可能性，雙方均全力出手，以命搏命，勝負決定於數招之內。

問題在若拔沙缽雄和九野望採此策略，「李隆基」將成功逃入艙裡去，那時變數難測，等於與其「引蛇出洞」之計營造出來的大好時機，失諸交臂。

龍鷹從兩個刺客裡，認出以飛刀遠襲自己者，正是九野望。另一人當然是拔沙缽雄。九野望有否慣用的兵器，他不清楚，但拔沙缽雄外號「槍王」，拿手的是槍，為扮「老妖」，棄槍不用，對著一般高手不成問題，然而應付的是三大鐵衛，功力大打折扣下，肯定吃虧，又是無從補救。

此時船尾叱喝聲起，把守船尾的另三名鐵衛迅速趕來，益添拔沙缽雄和九野望須速戰速決的緊迫。

龍鷹至此刻，仍感應不到兩敵心內的波盪，可知此兩人心志之堅毅，能於千軍萬馬裡，任何凶險的形勢前，仍有「泰山崩於前而色不變」的冷靜，不會自亂陣腳。

拔沙缽雄冷喝一聲，兩手如穿花蝴蝶的劈出，一砍一削，隨著腳步移前，一無所懼的迎向前兩衛，同時生出強凝的氣勢，雖未能壓下三衛，至少可與之抗衡抵銷。

這叫行家出手，果然不同凡響。

就在拔沙缽雄朝前衝刺的剎那，九野望拔地而起，倏忽間越過三衛頭頂，落往三衛後方，擺明要在「李隆基」躲入艙房內前，置其於死地。

此時三衛全處於拔沙缽雄龐大的氣勢壓力下，難以阻止攔截，又不得不攔截，進退維谷下，心神被分，氣勢大幅削弱。
衛抗冷喝一聲，倏地飆前，從前面兩個己方兄弟間衝出，刀如電閃，照頭迎面的劈向拔沙鉢雄。
同一時間，兩個兄弟抽身而退，來個後空翻，撲往九野望。
九野望則視如無睹的，一個箭步飆前，右拳擊出，照「李隆基」背心隔空轟打。
此時龍鷹離艙口不到三步，拳勁後發先至，從二丈許處追背而來，肯定是九野望畢生功力所聚，即使以龍鷹之能，硬捱一記，亦不死即傷，何況「李隆基」。
暗呼厲害下，側移往右，險險避過。
「砰！」
艙壁木屑激濺，破開一個洞。以艙壁的堅實，仍禁受不起，可見此拳的威力。
那邊勁氣和鋼刀破風聲不絕於耳，衛抗憑取得的一點先手優勢，令沒有槍的「槍王」被拒於刀光之外，難越雷池半步。
眼前乃九野望最後一個殺「李隆基」的機會，來援的兩個鐵衛，離他仍有七、八步遠，而九野望正處於前衝之勢，暫且撇掉兩人，追殺離他約十步的「李隆基」，再接再厲。

從船尾趕來的另三個鐵衛，還差兩下呼息的時間，方抵達戰場。

龍鷹卻曉得九野望所認為的機會，是個死亡陷阱，他能否躲過，須看他是否死期到。皆因九野望刻下的舉動，盡在他們一方算中，以高手對壘論之，實犯大忌。

倏地，龍鷹橫移往一側的船舷，六個鐵衛從艙口蜂擁而出，人人手持裝上短弩箭的弩箭機，瞄準九野望發射。

龍鷹移至一半，兩個來援的鐵衛，搶到龍鷹左右，與他一起退往船舷。

終感覺到九野望本堅如鐵石的精神，現出漣漪般的輕微顫動，顯示他仍具人的情緒，會為死神臨頭驚駭，或知行動注定無功而返而生出波動。

假如龍鷹一意殺死九野望，眼前乃千載良機，只恨「小不忍，亂大謀」，惟有克制著心內的衝動。

就在龍鷹改向的一刻，九野望再踏前小半步，奇蹟般收止了前撲之勢。波動驀現，顯示他憑其頂尖級高手的直覺，雖看不見，卻感覺到從艙口湧出來殺戮之氣，也因而令他從必死的絕局裡，爭取得一線生機。

六衛衝出，三前三後，機栝聲響，六枝弩箭若如電閃，朝離他們十步遠的九野望發射。

九野望面對的，可非普通亂箭，而是一個弩箭陣，瞄準的方向、位置、出箭的快慢，隱含微妙的法度，距離又近，箭剛離機，立可命中，其間等於沒有距離。龍鷹自問如掉轉位置，他好不到哪裡去。當然，以龍鷹魔種的靈應，絕不讓自己陷身這般的絕地。

九野望正因被龍鷹捉到路子，致優勢全失。

如龍鷹繼續未竟之程，逃入艙廊內去，九野望肯定孤身犯險，鍥而不捨，搶進來不惜一切幹掉龍鷹的「李隆基」，那時龍鷹真不知該否掉轉頭作戰，令「李代桃僵」之計，前功盡廢。

雙方鬥智鬥力，形勢不住改變，誰勝誰敗，不到最後，尚未可知。

際此生死一髮之時，九野望展現頂尖級高手的功架，身體往左右急晃，如若生出數個幻影，令人難掌握哪個才是他的真身，同時雙手疾拍。

奇蹟乍現。

九野望藉身體的晃動，避開三枝弩箭，又以左右手分別凌空拍掉兩箭，卻避不開第六箭，透肩而過，帶起一蓬血雨。

雖為敵人，龍鷹亦要心下佩服，此箭看似傷他甚重，九野望卻是藉身體的移動，避過筋骨之傷，是避重就輕，剩從此點，已知此人實戰經驗豐富，大可能曾上過戰場，故而培養出保命的自然反應。

弩箭的衝擊力非同小可，以九野望馬步之穩，亦被撞得往後跌退，他也借勢使勢，一聲「扯呼」，知會與衛抗戰至難分難解的拔沙缽雄，他則朝後仰身，雙腳用力，如箭矢般拔地而去，越過船欄，投往船外的暗黑裡去。

「砰！」

勁氣交擊。

拔沙缽雄硬是逼開衛抗，從另一邊逃之夭夭。

此時船尾的三個兄弟趕到，可見刺殺行動的快速和激烈。

龍鷹喝道：「窮寇莫追！」

衛抗和眾兄弟齊移往他四周，簇擁著他。

船首前的水師兵頭嚷道：「臨淄王……」

龍鷹截斷他道：「小事小事，勿多問，給本王繼續領航。」

衛抗目光在河面搜索。

龍鷹打出手勢，告訴眾人九野望往後方溜掉。

衛抗從容道：「確是一等一的強手，如當夜來犯興慶宮的刺客有他們在，可能是另一結果。」

龍鷹笑道：「他們該參與了進攻大相府的行動，當時計劃攻打興慶宮時，沒將你們計算在內，因而失著。可是，若有下一次，將不會是攻打興慶宮的陣容。」

眾人頷首受教。

自追隨李隆基後，他們是第二次打硬仗。今趟的規模雖遠及不上前一仗，驚險處尤有過之。

衛抗道：「若非有鷹爺在，後果堪虞。」

龍鷹微笑道：「臨淄王怎都不會死，皆因他乃真龍降世，未來雖仍有一段長路要走，但已非像從前般遙不可望，屆時臨淄王絕不會薄待你們。」

另一兄弟道：「我們對榮華富貴並不放在眼裡，能先後追隨聖神皇帝和鷹爺，方為我們最大的榮耀。」

十八鐵衛，此時有十二人聚集龍鷹身旁，餘下的六鐵衛，形影不離的保護艙內的李隆基。

龍鷹與他們接觸的機會不多，沒想過他們竟視富貴如浮雲，心叫慚愧，道：「不貪富貴，絕對是明智之舉。有所求，必有所失。」

衛抗欣然道：「事實上我們一眾兄弟非常享受追隨臨淄王的日子，讓我們感到奮發有為，不致白白浪費了一生，將來大功告成，我們立即返回幽州，過些安樂知足的日子。」

又另一鐵衛兄弟道：「沒經過刀口舔血的日子，怎都享受不到平凡的真趣。」

一個這般說，另一個亦這樣說。

龍鷹大訝道：「你們怎會個個抱著這樣深具至理的想法？」

衛抗代答道：「是聖神皇帝對我們的訓誨。」

龍鷹心裡一陣感慨。

離開的時候到了，否則便要重返西京。

第二章　攻堅之計

龍鷹往會符太和小敏兒途上，心內感慨萬千。

如非親耳聽到，怎也不相信衝破重重障礙，置天理倫常不顧，為求成功不擇手段，數十年大權在握，最後飛龍在天，成為天下至尊的武曌，竟反覆向一手栽培出來的十八鐵衛，灌輸「知足常樂」這個簡單、顛撲不破，又是極難做到的至理。

從這裡，瞧見武曌的另一面。

當日他苦勸武曌放過太平，最有力的理由，是還有多少個人可讓女帝「愛有所寄」？

現在是幡然而悟。

女帝善良的一面，寄託在與她沒有任何利害衝突的十八鐵衛身上。

十八鐵衛乃通過胖公公收養回來的孤兒，由女帝一手訓練成材，是無名卻有實的徒弟。不屬魔門，沒有身份、使命的負擔，完成女帝派下追隨龍鷹的任務後，功成身退，便可安享嬌妻愛兒之樂。

也幸好有十八鐵衛，令龍鷹無須為李隆基的人身安全煩惱。

真不知女帝如何訓練出十八個如斯武功高強的人物來，至厲害是十八人一條心，忠心耿耿，甘於平凡養晦。

有了家室牽累後，他們仍能視死如歸嗎？以剛才的情況觀之，是沒半點影響。可見這是一種心法，經長期訓練下培養出來，乃置諸死地而後生的戰鬥方式，令十八人成為李隆基的無敵親衛。

以衛抗論，竟可與對方頂尖兒的拔沙缽雄在一時之間拚個平分秋色，是多麼令人難以置信的事。

拔沙缽雄乃突騎施名懾沙場的悍將，身經百戰，竟在施展渾身解數後，無法闖過衛抗的一關，傳出去將轟動天下。

另一個女帝「愛之所寄」的，該為人雅，像胖公公般，女帝曉得人雅命薄，故此保護她不遺餘力，拒絕了薛懷義對她的野心，且毅然將人雅託付予龍鷹。

由此可見，即使心狠手辣如女帝，除了恨之外，還有愛。

她教導十八鐵衛「知足常樂」，是從「過來人」的身份位置，領悟回來的深刻道理，從鬥爭和殺戮裡，看到和平安逸的美好天地。這種日子，自媢媢將魔門重任置於她肩頭後，女帝與之永遠無緣。

以前胖公公告訴他，當女帝和千黛單獨相處，會變回以前的小女孩，那時他沒法明白，到今天女帝「破空而去」多時，他才勉強抓著一點痕跡。

俱往矣！

終有一天，他龍鷹的所有作為，亦將化作歷史陳跡、浮光掠影。

三天後，龍鷹和符太的船過三門峽，與在峽外等待他們的船隻會合，龍鷹、符太和小敏兒船過船後，沒有了三人的原船繼續開赴洛陽，他們則待法明和席遙登船後才上路。

駕舟的是以鄭居中為首的二十多個竹花幫兄弟，挑選的條件，忠誠排在首位，其次才輪到船技和武功。

現時的鄭居中，等於昔日霜蕎之於大江聯，沒人比他對北方水道的情報、有關北幫的動靜更了然於胸。由他親自向龍鷹陳報解說，可讓龍鷹知己知彼，籌謀定計。

龍鷹、符太、法明和席遙繼「神龍政變」後再一次聚集。

艙廳。

鄭居中將以洛陽為中心的河道形勢圖攤開桌面上，算不上精細，但應該有的，無不齊備，還以各類符號標示城鎮和北幫船隻分佈的情況。

符太一看，捧頭嚷道：「我的娘！這般複雜。」

若沒有法明和席遙兩大宗師級人物在，鄭居中肯定暢所欲言，因與龍鷹和符太關係密切，清楚他們為人行事的作風。可是，有兩人在，卻戰戰兢兢的，拿眼神問龍鷹之意。

龍鷹微笑道：「大家自己人，不用有任何顧忌，不論法王、天師，都是今時不同往日，對世俗的尊卑禮節、名利權位視之如塵土，絲毫不放心上。」

席遙失笑道：「說得好！想想以前確是白日造夢，忽然夢醒，不知多麼暢快。如非事情關乎到龍鷹老弟，鬼才有興趣理會。有甚麼話，居中放膽說出來。」

法明笑道：「其實不用說，這張河道圖早闡明居中的憂慮，剩牽連的城鎮，超過百個，河道比蛛網更錯綜複雜，敵人方面當有高手在背後籌謀運策，故意營造出一種既無所守，也無所攻的險惡形勢，是請君入甕，只要我們敢北上，才因應我們的戰略，或聚而擊之，或遊鬥而亂之，硬將我們壓於洛陽東南的河湖、運河。」

鄭居中點頭道：「法王一語中的，最關鍵處，乃北幫始終有官府在背後撐腰，洛陽龐大的水師，隨時可加入戰圈，比之北幫船隊，水師規模更大，戰力更強，要命是我們總不能與水師為敵，因會立被打為叛上作亂，連陸大哥亦護不住我們。」

符太道：「何用與敵硬撼？我們所憑恃者，是吐蕃的和親團，所有定計，均環繞和親團設計。」

席遙道：「北幫絕不去碰和親團，亦不可能曉得我們與和親團的真正關係。以和親團去攻城，確絕妙之計，問題在我們並非以攻城為目標。」

龍鷹點頭同意。

和親團的構想，是基於北幫將主力聚集在楚州而設計，豈知練元高明至此，化整為零，棄楚州，也因而令和親團無用武之地。

深一層的思量，和親團由巴蜀和揚州的聯合水師護送，他們不但不會參戰，假如和親團攻擊北幫的事曝光，他們又沒阻止，會被權傾天下的韋宗集團治以叛國大罪，那時王昱和陸石夫定被牽連，輕則革職，重則死罪難逃。

只有在一個情況下，和親團方能發揮作用，就是當竹花幫等大舉進擊北幫，和親團暗藏的「勁旅」秘密參與戰鬥，而這麼樣的情況，只可以在北幫主力集中在楚州時發生。

由此亦可見北幫化整為零的一著，多麼高明，使龍鷹一方攻無可攻。說到底，就是北幫得到洛陽軍方，也是宗晉卿的全力配合和支持。

現時北幫與龍鷹之爭，再非江湖幫會間的爭霸，而是爭天下的其中一部分，雙方均不容有失。

驟失目標下，和親團給縛上手腳，竹花幫則不敢冒險北上。

席遙問道：「憑甚麼來肯定，北幫現時的戰術是由練元一手策劃，而非出自田上淵、宗楚客，又或那個叫九野望的傢伙？」

法明笑道：「天師對今次與北幫之戰，似生出極大的興致。」

席遙笑道：「法王有所不知了，席某人的另一半，正是水戰的能手，這叫見獵心喜，又是動了凡心。哈哈哈！」

除鄭居中外，三人恍然大悟。這叫知道一回事，能否掌握另一回事，皆因法明、龍鷹、符太，均沒朝席遙上一個輪迴的盧循想過，縱想亦不可能想到甚麼，是壓根兒不了解盧循在世時的事跡。

鄭居中一頭霧水。

符太探聽般的問道：「天師另一半的才具功夫，竟可就這麼繼承下來？」

席遙道：「這個當然，否則何來『黃天大法』，想甩都甩不掉，以前解決不了的，現在一一克服、攻關。」

法明歎道：「天下還有能與你抗衡之人嗎？最厲害的，仍差你一輩子。」

龍鷹欣然道：「幸好不用和天師決戰。」

轉往聽得暈頭轉向的鄭居中道：「不明白不打緊，有天師指點明路便成。」

多口問一句的道：「天師的水底功夫如何？」

席遙道：「別的不說，剩提一件事，就是本人曾從秦淮河的水底偷襲坐船經過的燕飛，如非他的『蝶戀花』示警，說不定可改寫歷史。想想已可自豪矣。」

鄭居中忍不住問道：「誰是燕飛？」

坐在他旁的符太拍拍他肩頭，道：「不要問，只須聽。」

法明奇道：「『蝶戀花』不是燕飛的佩劍嗎？如何示警？」

席遙微笑道：「再說下去，天亮我們仍未討論出對敵之策。」

龍鷹回到先前的問題，解釋道：「上趟北幫對江龍號悍然出擊，不讓江龍號越過楚州，並未得練元同意，練元因而大發雷霆，同時顯現出北幫將領各自為戰的漏洞。經此慘痛教訓後，田上淵不得不重組指揮權，集中於一將之手，而最有資格者，正是練元，其他人的資歷，均難和他相比。」

待眾人明白後，接下去道：「其次，是從作風上看出是練元的戰術風格，那就是河盜的風格，教人在他出手前無從揣摩。」

鄭居中頭痛的道：「由楚州至洛陽的水域廣被數千里，要在眾多的北幫戰船找到練元的帥艦，若大海撈針。」

符太道：「官府的支持是另一大難題，他們根本不用做甚麼，只須向練元提供有關我們的消息，立成敵暗我明之局，可輕易將我們北上的船隊逐一擊破。」

又歎道：「他奶奶的！練元根本不著急，能在年底前仍保持獨霸北方水道的情況便成，那時我們的真命天子，早給老宗、老田宰掉了。」

席遙哈哈笑道：「有趣！有趣！不過讓本人告訴太少，練元絕活不到那一天。」

法明欣然道：「我和老席加起來，是近三甲子的識見和經驗，怎可能鬥不過練元這麼的一個毛頭小子？提醒你們，我曾有過爭霸天下的部署，雖說今天『樹倒猢猻散』，可是以前很多東西仍留存在腦海裡，還有秘密的儲存庫，藏著有用的絕活。可以這般說，沒人比我更熟悉洛陽一帶的水域。」

鄭居中失聲道：「三甲子？」

符太沒理會他，喜道：「技術在哪裡？」

席遙道：「這個本人也不曉得，須法明說出來。」

法明道：「技術就在將一個曉得練元在哪裡的人抓起來，由我和天師負責逼供，包保他連十八代祖宗的名字亦要說出來。」

席遙啞然笑道：「何用逼供？我有百試百靈之法，當對方處於某一特殊狀態下，鎖其神魂，著他從實道來，事後還不曉得自己已洩露秘密，不虞因此人的短暫失蹤，惹起練元的警覺。」

法明苦笑道：「這就是差一輩子素養、經驗的分別。」

符太道：「這個人在哪裡？是誰？」

法明道：「就是洛陽軍方負責和練元狼狽為奸的那個人，有關的消息送往何處，練元就在那裡。」

龍鷹、符太、鄭居中三人同時拍案叫絕。

薑是老的辣，這般簡單的聯想，偏是想不及。

不論北幫勢力如何大，但比起官方的力量，仍是小巫見大巫，何況北幫在連番損兵折將下，勢力萎縮，對掌管廣被數千里、錯綜複雜、支流眾多、湖泊密佈的廣袤水域，已是力不從心，又犯不著這般的損耗人力、物力，故其唯一之計，就是由官府代為耳目。

如此所有收集來的情報，先飛報往洛陽軍方在這方面的負責人，然後再由此人傳遞往潛伏某處的練元，也是北幫負責行動的最高統帥，由練元決定該採的戰術和應對。

鄭居中一震道：「周利用！」

龍鷹雙目魔芒大盛，勾起對此人處置五王所用的殘忍手段的仇恨，點頭同意道：「因事情關係重大，不容有失，此事必由宗晉卿親手抓，也等於是周利用負責，他正是軍方所有行動的最高負責人。」

符太讚美道：「厲害！柳暗花明，絕路忽又變成生路，且是康莊坦途，找周利用還不容易嗎？」

法明道：「此事必須完全在周利用的知感外進行，一旦惹起周利用的警覺，便不靈光。」

轉向鄭居中問道：「你有多少探子在洛陽？」

鄭居中羞慚的道：「一個都沒有。唉！洛陽已成險地，在官府和北幫雙管齊下，令他們起懷疑者，均被驅逐離開，特別是南人，故此近年來，我們停止了派兄弟到洛陽冒險。」

符太失聲道：「豈非若我們入城，會遭同樣待遇？」

龍鷹問鄭居中道：「與你們有關係的幫會和門派又如何？」

鄭居中道：「為怕連累朋友，我們久已沒聯絡洛陽當地的幫會。」

符太道：「這可不行，要活捉周利用般的大人物，首先須掌握他的行蹤，如在洛陽寸步難行，怎辦得到？」

鄭居中道：「宗晉卿忽然失去范爺和太醫的蹤影，會大幅提高警覺，令我們更難秘密行事。」

法明笑道：「你們勿為此煩惱，皆因我們的天師早成竹在胸，智珠在握。」

三人這才發覺席遙一臉從容，含笑不語，說不出的優遊自在。

席遙前世輪迴的盧循，身處歷史上最動盪的大亂世，天下幾無一處安寧的土地，在這樣的情況裡曾叱咤風雲、縱橫不倒的人物，確非是任何言詞可描述他本領之一二。

席遙道：「即使有探子在城內，要掌握像周利用般人物的行藏，仍是癡人說夢，除非他定時定刻的巡邏全城。」

稍頓，續道：「即使他公開活動，仍沒法構成我們活捉他的機會，因肯定他的從眾高手如雲，一旦惹得城衛來援，我們更須殺出洛陽城去，大違本意。」

龍鷹同意道：「老宗肯定關照宗晉卿和周利用，派來塞外高手，增強護駕的能力。」

法明道：「明白！我們要掌握的，是周利用私下活動的情況，例如到青樓鬼混諸如此類，始有可乘之機。」

龍鷹拍案道：「和親團！」

席遙歎道：「老弟終於開竅。」

眾人齊聲叫絕。

不論宗晉卿是否同意吐蕃和親之事，當明白非由他去決定，故必須做足表面工夫，盡其地主之誼。

宗晉卿總不能整天陪林壯，那便是主子有事，周利用代其勞的時候，他們便可設局誘周利用上當，製造出活捉他的機會。

席遙最厲害處，是可在事後令周利用壓根兒不曉得發生過甚麼事，不虞牽累和親團。

符太向鄭居中道：「曉得怎辦了嗎？」

鄭居中興奮的離開艙廳，吩咐手下該採的航線。

第三章　事前事後

法明親自動手，為龍鷹易容改裝。

林壯是沙場上的猛將，可是玩人與人間的遊戲、耍手腕手段，卻非其所長，須龍鷹親身上陣。

樓船清晨離開汴州，朝洛陽開去。

今趟是濟濟一船。

吐蕃兄弟、漢族兄弟，加上博真、虎義、管軼夫、君懷樸、桑槐、容傑、權石左田一眾外族高手，共五百三十人，還有席遙、法明、龍鷹、符太，以此實力，即使正面和北幫硬撼，鹿死誰手，未可知也。

荒原舞尚未歸隊，隨龍鷹征伐河曲的部分兄弟，亦趁空返鄉慰問家室，在未來若接到號召，會立即趕來助陣。

小敏兒有份趁熱鬧，皆因符太捨不得讓她與鄭居中等往楚州去。符太對小敏兒鍾愛日增，乃旁人皆見的事。

那晚定好策略後，鄭居中放出信鴿，通知在楚州的吐蕃和親團，著他們立即動程北上，龍鷹等將和他們在途上會合。

護航的八艘鬥艦，由王昱的心腹將領荊蒙統一指揮，掩護龍鷹等幾個人秘密登船，易似反掌。不容有失下，任何微細處，沒人敢輕忽大意。

荊蒙三十多歲的年紀，巴蜀人，奮發有為，是由王昱一手提拔的新一代將領，對王昱忠心耿耿，由於清楚西疆情況，像王昱般曉得今次和親的成敗，關乎到巴蜀的安危，又知道朝廷奸佞當道，而唯一能打開困局者，惟有「范輕舟」，遂一條心執行王昱的密令。

從此亦可看出掌巴蜀軍政大權的王昱，因朝廷有上官婉兒照應，又要應付西疆和南詔的形勢，在朝政混亂的大形勢下，成為繼郭元振後，另一異軍突起的邊防大將，坐擁重兵，並栽培出自己的班底。

此為必然之勢。

女帝將首都從關中遷往洛陽，建都於中土的中央位置，四通八達，為天下運輸樞紐，連接大運河，更擁出海之便，邊疆、地方有事，集中天下兵力的洛陽可快速派兵往援，就如征伐契丹之戰，海運發揮出龐大戰效，故能對地方如臂使指。

從洛陽遷返長安，此一地理上的優勢，立告蕩然無存。過度開發的關中，更無力支撐龐大的軍隊兵員，兵力遂從中央逐漸轉移往地方。以兵力論，郭元振麾下北疆部隊，兵力實不在關中之下。

在這樣的形勢下，囂狂如韋后、宗楚客，亦不敢公然奪取皇權，須按部就班，戰戰兢兢，一步一步的走。

博真現身銅鏡，來到龍鷹身旁，先向法明打招呼，然後將一物置於鏡臺上，道：「是給宗晉卿的大禮。」

法明道：「這是天玉夜光杯，乃夜光杯的極品。」

龍鷹亦讚道：「其他不論，只看龍形把手，栩栩如生，雕工精細之極，當得上鬼斧神工的稱譽。」

輪到博真大訝道：「真的會發光嗎？可是怎麼看，都不像可發光。」

龍鷹問道：「是否來自『大汗寶墓』的寶貝？」

博真應道：「我們的東西，變賣的變賣，多被換成黃金，方便攜帶，即使仍存一件半件，亦不可能隨身帶著。哈！幸好、幸好！」

龍鷹道：「幸好甚麼的娘？」

博真道：「幸好林壯等一眾兄弟，想變賣亦沒有買家，曉得今趟前來中土乃唯一脫手的機會，於是將收藏的寶物全帶來，在揚州已賣了不少。」

又道：「揚州富人真多，還有從廣州等地來的富商，一擲千金色不變，有桂幫主為我們穿針引線，我們又價錢老實，買賣雙方不知多麼融洽。現在拿得出來見人的東西已不大多，如非想到抵西京後須送禮，早賣個精光。」

龍鷹歎道：「希望你們沒將聘禮也變賣了。」

博真笑道：「放心！林壯這人很認真的，若動他吐蕃王送來的禮，定和你拚命。」

又忍不住再問法明，道：「這東西如何放光，是否價值連城，須否找另一件較次的來代替？最怕是宗晉卿不識貨。」

法明道：「所謂夜光，須傾酒入杯，對月照映，方顯其夜光之效。天玉之不同處，表面看來不過色呈勻白，與一般夜光杯分別不大，可是當月光夜照時，可隱見杯內美酒現出霞彩，非常神奇。論價值，則為無價，明白嗎？」

博真想都不想的一手取回夜光杯，道：「我去倒酒試試看。」

龍鷹喝道：「放回去！」

博真現出痛不欲生的表情，極不情願的將夜光杯放回原處。

龍鷹道：「送給周利用的，又是甚麼好東西？」

博真從懷裡掏出一把半尺長的匕首放在桌面，把手處銀光閃閃，竟是純銀所製，刀鞘則是精鋼，然一瞧便知鋼質極佳。

龍鷹訝道：「這東西為何賣不出去？」

博真尷尬道：「又給你拆穿。」

他剛才所說，是因想留下十多件來送禮，一副非常懂大體的樣子。事實卻因買家不識貨，得不到他們青睞。

博真將匕首從鞘內拔出來，連接銀芒閃爍的刀身，竟然黑黝黝的，賣相並不討好。

龍鷹道：「我的娘！竟是天石打造出來的，最好給周利用用來自盡。」

法明道：「成哩！包保沒人認出你是范輕舟。」

龍鷹看著銅鏡的影像，粗聲粗氣的道：「鄙人穆爾沒，乃吐蕃王座下扎論，見過宗總管。」

博真不相信自己一雙耳朵的道：「怎可能連吐蕃口音也學過來，這傢伙肯定是怪物。」

龍鷹道：「眾兄弟在哪裡？」

博真道：「你的順風耳失靈了嗎？聽不到他們聚在艙廳鬧酒。」

龍鷹長身而起，向法明道：「我們去找天師。」

法明沒陪他去找席遙，龍鷹獨自去。

艙房內，席遙倚窗而立，看著窗外落日的美景，深情專注。

龍鷹記起在洛陽，到席遙位處郊野的道觀見他，席遙當時立在後山危崖俯瞰遠近。那時怎想過，席遙腦袋內轉動著的，竟然是兩個輪迴轉世碰撞而產生的情懷。

席遙亦令龍鷹聯想到台勒虛雲，他也很喜歡「看」，似是「看」本身已是最終極的目標。

龍鷹移到他旁，衝口而出的道：「天師很愛看！」

席遙微一頷首，悠然道：「從這個輪迴夢醒來之後，最濃烈的感覺，是展現眼前的天地，日出月沒，至乎一草一石，都不同了，就像一個無窮無盡的謎，『看』可令我感觸到物象背後某一深意，每次看都有新鮮動人的感覺，也令我不感孤寂。」

龍鷹心忖台勒虛雲「看」的心法，極可能與席遙的「看」殊途同歸，均可從物象的表面，透視其後暗藏的真理。當然！欠缺了席遙積聚兩輩子前世今生的超常體驗，台勒虛雲趨向無奈和悲情，席遙則有明確目標，就是力圖超越輪迴，出乎生死之外。

席遙別過頭來瞥他一眼，道：「法明的易容術確有一手，令我明明曉得是你，觀感上卻是另一個人。順便提醒你一句，事前的工夫固然重要，善後亦不可輕忽。」

龍鷹不解道：「善後指的是哪方面？」

席遙道：「老弟認為宗楚客肯讓你的護航水師，直抵西京嗎？」

龍鷹恍然道：「對！我真的沒想過此點。」

席遙道：「不但八艘護航水師須掉頭回航，樓船的人員也被宗晉卿的人代替，若發覺有前後不符處，例如少了你老弟，將令對方生出懷疑，這就是善後的工夫。」

龍鷹抹一把冷汗道：「多謝天師提醒。」

以宗楚客的小心縝密，絕不會於此關鍵時刻，讓一批有戰力又忠於李顯的兵員抵達京師，為韋宗集團添煩添亂。

席遙灑然道：「我曾是晉朝末年天師軍的最高領袖之一，比起當世任何人，可算是爭霸爭雄的老祖宗，自自然然地從功利的角度計算每件事。何事有利？何事不利？」

龍鷹頷首受教。

席遙道：「在大婚前的這段日子，宗楚客將借我們『兩大老妖』之名，令京師關防處於最嚴密的戒備下，也等於牢牢控制西京。任何人想進西京，須經檢查和批核，故而樓船有多少吐蕃人員，便是多少人，休想在事後加插幾個，對方這個措施，不可不防。」

龍鷹頭痛道：「豈非隨我們去偷襲練元者，沒人可以歸隊？」

席遙道：「歸隊來幹甚麼？除非你想李顯駕崩之時，與韋宗集團來個大火併，那顯非老弟所願也。」

龍鷹愕然道：「這麼簡單的道理，為何我偏沒想過？」

席遙道：「現在樓船上不計我們幾個，共五百三十人，稍有點眼力的，瞥一眼便知人人武技強橫，合作有素。宗楚客正處於『杯弓蛇影』的心態，會疑慮叢生，必以種種手段將和親團安置在城外，只准林壯和幾個隨員入城，那時好事勢變壞事，是個很壞的開始。」

又道：「況且內中混雜了不少你的漢人兄弟，在洛陽該不致出事，可是遇上西京關防，主事的看慣了人，很易出岔子。」

龍鷹斷然道：「如此全體漢人兄弟和博真等塞外高手全在抵洛陽前下船，覓地藏身，等待我們的消息。」

席遙提點道：「最好找法明商量，他對北方形勢瞭若指掌，更清楚洛陽城外何處為藏身的安全之所。」

龍鷹點頭同意，然後問道：「天師需要的，是怎麼樣的一個機會？」

席遙道：「就是一個接近目標的機會，屆時我將晉入『黃天大法』與天地冥合的奇異狀態，僅能單獨行事，自行尋覓最佳時機，只要我的手抓著他的頭顱，對方將落在我控制下，甚麼都供出來，之後我以控神之術，指令他忘記此事。事後，被施術的對象會一無所覺，失去了這段記憶。」

剩是聽著席遙的形容，龍鷹已心生寒意。從眼前的席遙，可推見當時的盧循如何可怕厲害，亦由此可見燕飛的超凡入聖，盧循怎都鬥不過他，甚至贏得盧循衷誠的欽佩和尊重。

席遙道：「對象不必限於周利用，宗晉卿毫無分別，周利用曉得的，他清楚，而周利用不知道的，他都知道。」

龍鷹沉吟道：「到洛陽後，即使沒機會，我們仍可炮製一個出來。」

席遙道：「依外交禮節，此為國與國的往來，宗晉卿絕不敢怠慢，特別在收重禮之後，所以在總管府設宴招呼乃必然的事，如此我所需的良機便來了。」

又道：「只須讓我神不知、鬼不覺的混入總管府內去，我當可完成任務。」

龍鷹心忖幸好席遙沒變成敵人，否則可怕至此的敵手，教人不知如何應付。換過是自己，混入總管府該可辦到，但絕沒法完成席遙負起的秘密任務。

席遙道：「讓我們設想宗晉卿在府內設宴招呼林壯的情況，受邀的，限於林壯和最高級的幾個隨員，老弟的穆爾沒乃其中之一。對吧！」

龍鷹答道：「理該如此！」

席遙道：「其實我們只得這個機會。要闖入總管府殺人放火，易似反掌，但若要神不知、鬼不覺的潛進去，還須在眾多院落裡找到宗晉卿，將難上添難，智者不為也。能接近他是成敗的關鍵，我必須與他有眼神的接觸，始有鎖牢他神魂的機會，至乎令他做出平時絕不做的事。我需要的，不過半盞熱茶的工夫。」

龍鷹思索道：「禮尚往來，我們可否在總管府外設宴，回敬宗晉卿？如此我們可佔主場之利，幹甚麼都方便些兒。」

席遙同意道：「此為捨難取易，不過須冒很大的風險，與唯一的機會失諸交臂。」

龍鷹明白過來。

席遙意指宗晉卿設宴為林壯洗塵，屬外交禮儀，而林壯的宴請是回禮，發生在官式的洗塵宴之後，若宗晉卿婉言拒絕，那他們將兩邊不到岸，錯失唯一的機會。

席遙道：「『船到橋頭自然直』，我們將這件事放在心上，說不定忽然福至心靈，想出解決的辦法。」

龍鷹到隔鄰的艙房，找到法明。

法明著他坐下，道：「我一直在聽你們說話，所以不用重複一次。」

龍鷹問道：「該藏身何處？」

法明道：「今晚半夜時分，我們會路過武涉，抵武涉前，我們可裝作樓船不知碰上甚麼東西，須停下來派人入水檢查損壞，那便可在荊蒙和他的親信掩護下秘密登岸。」

又道：「附近有座空置的寺廟，只有兩個廟祝，屬我的徒子徒孫輩。此廟本是我一個可藏兵的秘密巢穴，終派上用場。」

龍鷹道：「原來僧王真有做皇帝之意。」

法明笑道：「你當我以前說笑嗎？沒甚麼事好幹時，沒有比爭天下更刺激有趣的玩意，可令人沉迷不返。現在嘛！俱往矣！即使天下黎民跑至我面前懇求我登帝位，我仍不屑一顧。」

接下去道：「我到洛陽，起不到作用，多一事不如少一事，我隨大夥兒下船，領他們到安身之所去。我們還要帶走足夠的糧食，不用到武涉購物，致惹起官府的警覺。」

龍鷹喜道：「有僧王領隊，我可以放心哩！」

法明道：「横豎天師為喬扮康道昇，剃掉了他的仙翳，趁還有時間，我就將他變為第二個穆爾沒，可和你的穆爾沒玩個真真假假的遊戲，運用得宜，能收奇效，雖然我仍未想到可如何憑此達到我們的目標。」

龍鷹拍腿道：「我的娘！這就是靈機一觸了，僧王生出這個念頭，背後定有道理。當你說出來時，我腦內似有亮光閃過，很古怪！嘿！是三個。」向法明豎起三根手指。

法明長身而起，點頭道：「我會看著辦。時間無多，我們須分頭行事。」

兩人不敢怠慢，法明去幫席遙易容，龍鷹則找眾兄弟商量，告知他們最新的計劃，又要和荊蒙討論，看如何避人耳目的秘密離船。

弄妥一切後，找符太說話，看該怎麼處置小敏兒。

第四章　換人之計

龍鷹叩門環。

開門的是小敏兒，該換上了睡服，裹在厚棉袍下，她不同眾人，怕冷，特別在船上，稍一不慎便著涼。

龍鷹問道：「你的太醫大人呢？」

小敏兒立即兩頰生霞，不知想到甚麼的道：「大人說出去打個轉，已去有一刻鐘，快回來了吧！」

龍鷹瞧她模樣，大概猜到是甚麼事，定與男女間房中樂有關，否則小敏兒不會「作賊心虛」，不由羨慕起符小子的豔福來。

道：「告訴他，有事找他。」

正要離開，小敏兒道：「鷹爺呵！入來喝杯熱茶，外面風大，大人快回來哩！」

龍鷹不忍拒絕，隨她進入艙房。

分配給符太的艙房，因著小敏兒，乃樓船上最華麗和寬敞的房間，中間以屏風分隔，後寢前廳。

龍鷹坐下後，小敏兒奉上香茗，站在一旁。

龍鷹道：「坐！」

小敏兒搖頭，神情堅決。

龍鷹沒話找話說，問道：「小敏兒伺候娘娘時，除睡覺外，甚麼時候娘娘身邊最少人，又或孤單一人？」

小敏兒道：「即使睡覺，仍有兩個婢子在旁邊陪她。噢！想到哩！嘿！怎說呢？」

她欲語還休，神情尷尬。

龍鷹拍腿道：「給小敏兒一言驚醒夢中人，解決了幾近無法解決的事，這般簡單，想不到就是想不到。」

符太推門而入，道：「大混蛋想到甚麼？」

龍鷹歎道：「老子想到的，是從宗晉卿逼出練元藏身處之計。」

水師船護航下，樓船駛進新潭碼頭。

鼓樂喧天，大批洛陽的文武官員在碼頭迎接，還有個高達三丈的爆竹塔，儀式隆重。

此時樓船上，除了龍鷹、符太、席遙和小敏兒四人外，全為如假包換的吐蕃人，全體穿回吐蕃的官服，帶著濃烈的民族色彩，保證在街上碰上，即知是來自吐蕃的貴客。

龍鷹和席遙再非「穆爾沒」這個子虛烏有人物的易容外相，而是依林壯副手先鋒將，另一兄弟巴山杜為易容對象，弄出三個「巴山杜」來，當兩個假「巴山杜」功成身退，真的巴山杜自然頂上，無縫接合。易容上的改變，代表著計策上的精密化和完善。

符太則依另一兄弟馬陀變臉改容，俾能與林壯、「巴山杜」共赴宗晉卿盡地主之誼的洗塵宴。

依外交禮節，宗晉卿不會直接問林壯赴宴的人選和人數，而是徵詢護航船的總指揮荊蒙的意見，他等於己方的聯絡官員。

送贈大唐朝的數百車貢品留在樓船上，由宗晉卿派人看守，護航船隊亦負起保安的責任。

至於其他的吐蕃兄弟，雖沒參與洗塵宴，然另有安排。

吐蕃和親團全體被招呼到東城承福門外，漕渠坊內的八方樓，乃專門招呼外賓的院舍，佔地廣，有十多重院落。當年由突厥公主凝豔領軍的外族團便入住該處，龍鷹還偷進去探聽敵情，聽到秘族元老級高手萬俟京和凝豔的對話，轉瞬十多年了。

宗晉卿會派出負責外事的官員，在八方樓大排筵席，招呼和親團其他成員。

龍鷹透過荊蒙，知會宗晉卿樓船只在洛陽逗留兩天，然後開赴關中。

重返洛陽，龍鷹豈無感慨。

回想當年自己仍是個藉藉無名的小卒，不光采地被太平押返時為京師的洛陽，怎想過甫抵達，立告異芒綻射，還得女帝殊寵，成為武曌的御用「謄寫員」。

其中過程，符小子形容貼切，是「如人飲水，冷暖自知」。

「砰砰砰砰砰！」

爆竹塔爆起漫天火光和爆竹衣，樓船則在轟隆聲裡，靠泊官方在新潭碼頭區內最大的碼頭。

八方樓。

主堂。

龍鷹、席遙、林壯、巴山杜、小敏兒圍著中間的大圓桌坐，聚精會神瞧著符太，將藥液塗在天玉夜光杯的杯心。

符太小心翼翼，動作穩定，塗得均勻，如蒙上一層薄膜。

完成後遞給席遙過目。

席遙瞧一眼立即眉頭大皺，道：「氣味可勉強過關，但色澤明顯有分別，既然杯子由天玉所製，不該內外不同。」

說畢遞給龍鷹看。

符太道：「我已著意調校，盡量接近天玉的色澤，他奶奶的！不過天玉就是天玉，色澤獨特，這可是誰都沒法子的事。」

夜光杯送到小敏兒眼前，她不敢接，央求符太接過去。

此藥液由符太到北市買材料，精心炮製，乃今夜洗塵宴的成敗關鍵。

巴山杜歎道：「怎辦好？很可能因而功虧一簣，還令對方生疑。」

小敏兒欲言又止。

龍鷹見狀，問道：「小敏兒有何好主意？」

小敏兒囁嚅道：「塗上整個杯子成不成？」

眾人拍檯、拍額，齊聲讚歎。

席遙啞然笑道：「老江湖竟比不上個嫩娃兒，是腦袋不懂拐彎了。」

小敏兒既害羞又興奮。

荊蒙回來了，向眾人打出一切妥當的手號，眾人鼓掌歡呼。

馬車駛離八方樓。

據荊蒙所說的，今夜的主賓為林壯大將、先鋒將巴山杜、和親團的統籌官馬陀，等於林壯、席遙和符太。主家當然是宗晉卿和周利用，此為國與國的交往，若非不是由一地最高官階的官員接待，另一方會認為是侮辱，故不愁宗晉卿不現身，現身便成。

荊蒙為陪客。

如席遙所料，宗楚客發下命令，荊蒙的護航隊到此為止，須掉頭回航，護送的責任交由洛陽水師負責。

龍鷹早一步離開八方樓，守候車隊離開，皆因宗晉卿始終沒說在何處設洗塵宴，可以是他的總管府，也可以選取舊皇城內處所，同樣合乎外交禮節。

只此可見宗晉卿的謹慎，際此大變將臨的時刻，保安乃須關注的頭等大事。

不過，天下間，不論何等嚴密的保安，恐怕仍難不到龍鷹的魔門邪帝，嚴密如當年的東宮，他亦可在接近李顯寢宮的位置，方被有備的東宮高手截著。

這方面的能耐，他只在席遙和法明之上，其他人更不用說。何況對方壓根兒不曉得有他此一大敵窺伺在旁。論森嚴，不理宗晉卿在總管府或舊皇城內設宴，仍遠比不上西京的皇宮、皇城，亦比不上京師曲江池的權貴大宅。

整個計劃環環相扣，任何一環出岔子，直接影響成敗。

正嘀咕馬車載林壯等人到哪裡去，才發覺踏足的街道似曾相識，顯然來過。梁王府出現在對街處，牌匾被拆掉，外院門緊閉，逕自透出一股荒涼沒落的意味。

龍鷹心內感歎，想起當年武三思的風流，武氏子弟的盛極一時，早被雨打風吹去，不過此時豈是撫今追昔的恰當時候，收攝心神。

馬車隊再走過一個街口，右轉進入另一不論佔地和規模，不在梁王府之下的府第去，外有門匾，上書「洛陽總管府」五個金漆大字。

不到一刻鐘，龍鷹已憑靈覺摸清楚總管府裡外情況，是從府外附近宅院的高處隔遠窺察。

論防護，幾近無懈可擊，簡單，實際，有效，分內、中、外三重。

最外是設置關卡檢查，壓根兒不讓閒人走進，比鄰總管府的街道，還有騎兵巡邏，欲攀過環繞總管府而建、高達丈半的高牆，是不可能的事情。

第二重是八座靠牆築建的哨樓，各由一個衛兵站崗，高達三丈，俯瞰遠近，即使有高來高去的本領，要橫渡近二十多丈的距離抵達府內，休想瞞過樓上哨兵的耳目。

第三重是府內的巡兵，領有惡犬，任何風吹草動，能瞞過人，也瞞不過犬兒。巡兵穿梭於各自被院牆隔開的宅第間，這麼看過去，大大小小超過二十座，座座燈火通明。

如席遙所言，入得府內，仍難尋得宗晉卿在處，可以在主堂，亦可以在任何一座院落裡。

今晚還多了個困難，是天色太好。

離中秋還有五天，雖非滿月，仍比平時的月兒明亮，被察覺的風險大幅增加。

唯一有利的，是正颳著清勁的秋風，吹得火炬光忽明忽暗，令人眼花撩亂。

龍鷹的靈應全面展開，不錯過任何觸動心靈的訊息。

等待的是席遙的「呼叫」。

「黃天大法」，其極致正是天人合一，並非象徵或寓意，而是通過精、氣、神的修煉，能在現實做出實踐的無上功法，玄秘莫測。

據席遙的「盧循」所了解，其時的「天師」孫恩，更是憑「黃天大法」的精神力，超越了遼闊的距離，搜尋邊荒裡的燕飛，促成「三佩合一」的決戰。

練成「至陽無極」的本世席遙，「黃天大法」等同當年孫恩的終極成就，又曉得龍鷹在附近，向龍鷹傳遞一個精神的訊號，易似探囊，接受的是龍鷹開放以待的魔種。

看似容易，不知由多麼多條件玄巧配合，始可成就。

此訊號非是隨意發放，而是吻合計劃的步驟，不遲不早，剛好是到達洗塵宴的場地，坐下來的一刻。

故此收到訊息後，龍鷹須爭時奪刻與時間競賽，在下一重要環節發生前，趕赴宴會現場，延誤等同失敗。

念頭剛起，龍鷹收到席遙的心靈呼喚。

龍鷹趁一陣清勁秋風颳過的時刻，兩掌推出，助長風勢，其中暗含細碎的至陰之氣，為秋風加料。

路經的六人騎兵巡隊立即中招，馬兒跳蹄嘶鳴，趁此混亂，龍鷹似變成一片沒重量的落葉，在兩把火炬差點熄滅，視野不明之際，從牆頭滑往地面，然後在馬腿的空隙間穿過，拿捏之準確，不能有半分誤差，妙至毫顛。

火炬復明之時，他已貼著總管府的外牆，升上牆頭，翻進總管府內去。

他取的位置、落點，剛好是一座哨樓之旁，也是樓頂哨衛視線不及的位置，除非探頭俯首下望。

龍鷹晉入魔種的顛峰狀態，方圓百丈之地的動靜，盡入感應，莫有遺漏。

一隊巡兵正從百多步處朝這邊走過來，還有犬兒的呼息，若非收斂全身毛孔，說不定瞞不過犬兒靈鼻。

下一刻，他靠貼哨樓，接著手足生出吸攝之力，就那麼往上攀爬，覷準樓內唯一的哨衛注意另一邊的間隙，就那麼無聲無息的登上哨樓的蓋頂去，俯伏其上。

他奶奶的，終抵總管府內最安全的位置，也是到達目標的最佳起點。

哨樓乃總管府內的制高點，在府內其他位置望上來，可看到樓內的哨衛，卻無法看到樓頂上的情況。

唯一可發現他的位置，是從其他的哨樓瞧過來，可是兩邊的哨樓，離他的哨樓超逾百步，少點眼力絕難察覺有異，何況壓根兒不在意。

此時的龍鷹，處於魔種神通廣大的境界，不因任何事吃驚，亦不因任何事而自喜。

一個牽著巨犬、提著燈籠的巡邏隊伍，在哨樓下方走過。

適才若他冒險橫過，肯定在犬兒的靈鼻下無所遁形。

如留在哨樓旁的地上，犬兒生出警覺的可能性頗大，那是獸類本能的直覺，超乎尋常。不容有失下，龍鷹必須作出在這個情況裡最有利於他的選擇。

被時間局限下，他不可錯失任何機會。

彈射！

藉著一陣強風，好掩蓋他的破風聲，龍鷹彈離哨樓頂，斜斜直上三丈的高空，橫過一座宅院，落到宅院的園林裡，觸地後腳步不停，不片刻深進總管府，朝目的地迅如鬼魅的潛過去。此時，他收到席遙另一訊息。

每一訊息，均有其重要的含意。

此第二個訊息，代表完成了計劃首個環節，就是向宗晉卿和周利用獻上重禮，也代表第二個環節即將展開。

此訊息亦等若絕對黑暗裡的燈號，令龍鷹曉得須趕赴的現場。席遙提出的兩個難題，首先是如何神不知、鬼不覺的潛進去，這方面憑龍鷹的魔種解決掉。

另一難題，是如何從偌大的府第裡，尋得目標。現時的總管府，確處於異乎尋常的警備狀態。

若依外交禮節，好應在主堂設宴，卻不是這樣做，而是移師東南角的宅舍。只是座座宅院，莫不燈火通明，便為疑兵之計，令人難從表象測其虛實。總管府的警備，亦處於高度警覺的狀態，以龍鷹之能，展盡渾身解數下，始成功偷進來。

如沒猜錯，宗晉卿該是收到乃兄西京來的警告，囑他打醒十二分精神，不可輕忽大意，否則給人宰了仍不曉得是怎麼一回事。

「兩大老妖」突襲田上淵，「奪帥」參師禪被斷首，棄屍鬧市，無不敲響警號。

以宗楚客和田上淵的雄才大略，又有謀士如九野望，理該清楚洛陽於皇位爭奪戰能起的決定性作用。

如洛陽有失，即使韋宗集團能置關中於絕對控制下，亦等於失去了關外的天下。天下三大戰略重鎮，為西面關中的西京長安、曾為東都位處中央的洛陽，以及南方緊扼運河、大江、海口交匯的揚州。

揚州現時落入陸石夫、竹花幫和江舟隆的控制下，與王昱治下的成都於大江首尾遙相呼應。故此，洛陽是不容有失，北可制幽州，南可壓揚州。而洛陽的最大憑恃，正是獨霸北方的北幫。

龍鷹與北幫之爭，在這樣的情況下，已成皇權爭奪的前哨戰。

龍鷹翻過院牆，落入宅舍外的園林中，蹲伏在林樹草叢的暗黑裡。百多步外的宏偉宅堂燈光火亮，笑談聲傳將出來。

他奶奶的！終抵目的地。

第五章　環環緊扣

龍鷹脫下外袍，露出裡面的吐蕃官服，又將外袍摺疊妥當，塞進腰囊裡，剛辦好，一群人興高采烈的從廳內走出來。

龍鷹不用拿眼去看，亦知到園裡來的是林壯、席遙、符太、荊蒙、宗晉卿、周利用，和兩個官員陪客。

此外，有四個宗晉卿的隨員高手，個個精滿神足，虎背熊腰，眼神如電。更難得是年輕，年紀最大的不過三十歲。

四人以宗晉卿為中心在四周走動，提供保護，並不礙眼，顯然訓練有素，優為此差事，反倍添宗晉卿身份地位的官威。

偌大的廳堂，除這群主人賓客外，還有幾個女婢，負責從相鄰的膳房捧來熱氣騰升的佳餚美食，侍奉賓客。

一切在意料之內，總管府的保安外張內弛，不會在起居之地設哨兵，巡軍亦不會巡至宅院內來。

林壯的聲音響起道：「巴山杜，看！宗總管的花園內有你喜歡的茶花，長得多麼漂亮。」

宗晉卿呵呵笑道：「原來巴山杜大人乃惜花之士，此花有個名字，叫『半月閒』，一個月有十五天茶花盛放，為天山來的異種，非常罕貴，林大將真識貨。」

席遙的「巴山杜」發出讚歎聲，裝出給茶花吸引，離群身不由己的朝茶花舉步走過去。

林壯道：「我們到那邊去，今晚是天公造美，月色這般明亮。」

趁眾人注意力離開席遙，朝花園的曠地走過去，龍鷹來到茶花另一邊的一株樹後。

下一刻，龍鷹和席遙交換位置，速度疾如電閃，即使有人眼睜睜瞧著，亦以為眼花看錯，更何況兩人外相、服飾，幾無分別。

龍鷹離開茶花，朝眾人走回去。

周利用正慢慢為宗晉卿雙手捧著的「天玉夜光杯」斟酒。

龍鷹亦好奇心大起，又是患得患失，法明對夜光杯的評價和其特異功效的形容，是龍是蛇，即將揭曉。

宗晉卿將夜光杯降至腹部的高度，讓圍著他的人可目睹美酒注入杯內的情況。

此時漸滿的明月高掛正空，不虞被遮擋的灑下金光。

龍鷹來到符太和荊蒙後方，兩人往旁挪開少許，讓他加入。

林壯、符太和荊蒙均暗鬆一口氣，曉得「換人」的環節，如願功成。

獲得行動自由的「天師」席遙，趁此大部分人集中在園內的時刻，得到方便，可弄清楚院落其他地方的情況，曉得下手的地點。

龍鷹探頭朝宗晉卿手捧的夜光杯瞧下去，沒引起其他人的注意，皆因個個全神貫注在杯中之物，無暇分心分神。

宗晉卿的四個貼身年輕高手立在四方，沒資格參與這試驗天玉夜光杯神效的盛事。

酒剛注入一半。

一時全無異樣，可是，當酒過半的一刻，異象來了。

就像杯底湧起一朵彩雲，成蘑菇狀似的往酒面升上來，隨酒注杯，彩雲也隨酒蕩漾，反映的再非明月金黃的色光，而是一朵似在酒裡冉冉飄浮的七色雲朵，震撼至極。

不論敵我，無不爆起難以相信、讚美的驚歎。

發生在眼前的，實與法明描述的有出入，法明說的是在月照下，酒和天玉的結合，會生出彩霞般的色光，此時竟是朵彩雲。

龍鷹和旁邊的符太交換個眼色，均想到應是藥液溶入酒裡，因而生出的奇異效果，又吃驚又好笑。

果然，在酒溢出來前，周利用停止斟酒，彩雲散去，變為彩霞閃閃，若現若隱似的，非是目睹，誰都不敢相信自己的眼睛。

宗晉卿獲贈此異寶，又經得起當眾驗證，一雙眼睛射出掩不住的興奮神色，把天玉夜光杯珍而重之的舉高，來到鼻端前的位置，深深一嗅，大訝道：「似連酒味也改變了，香氣再不相同。」

龍鷹等四人聽得暗自驚心，知是藥液溶入酒裡混合後的效果，只好求老天爺不讓宗晉卿嗅出玄虛。

此藥液乃符太依大明尊教傳下來的秘法製造，只要塗在酒杯內，雖只薄薄一層，但溶入酒裡後，酒立變毒酒。原方是毒方，符太卻加以改良，將劇毒換出，改為「催尿」之方，中招者在短時間內須去「方便」，好營造出天師能與之單對單的良機。

可是，若宗晉卿拒絕喝下這杯酒，今夜大計嗚呼哀哉。

龍鷹沒忘記自己扮演的「巴山杜」，勉強聽得懂漢語，卻不大會說，與主家的應酬由林壯和符太的「馬陀」負責，以免換人後，在聲音語調上被抓到破綻。

他以手肘輕撞符太一記。

符太與他默契之佳，天下不作第二人想，忙道：「這杯彩雲酒乃大吉兆，總管大人定要飲勝。」

宗晉卿將夜光杯降低少許，至齊胸的高度，環目掃視團團圍著他的眾人。

龍鷹等心叫糟糕之時。

宗晉卿欣然道：「獨喝豈有樂趣可言？」

又喝道：「杯來酒來，就在明月下，讓我敬各位一杯。」

龍鷹等暗抹一把冷汗，放下心頭大石，今趟你還不中計？

果然洗塵宴未過半，宗晉卿已捱不下去，陪罪方便去也。

四個高手竟分出兩人陪他朝內進去，瞧得龍鷹等又驚又憂。

換過其他事，四人怎都不懷疑「天師」席遙的能耐，今趟卻不到他們不擔心，不過事情已不受他們左右或控制，無從幫忙，只能寄望於天師。

權貴之家，均置方便之所，主客分開，多設於宅內某一位置。當然宅外亦有這種設施，統稱之為茅廁。

如現時的情況，宗晉卿的專用私廁，設於內進某處，依小敏兒形容，以屏風間隔，保持私隱。

若然如此，那天師唯一可下手的地方，就是躲在屏風內，趁宗晉卿剛轉入屏風的一刻，將他制住，不讓他發出任何異聲。

此為第一難。

由於有兩個高手守在屏風外，所以讓天師施法、問話的時間極短，聲音又不可以傳到屏風之外。假若兩個高手聽著宗晉卿與人在屏風內有問有答的，天才曉得那可怕的後果。

龍鷹更有多一重的憂慮，就是如外面兩貼身高手聽不到「注入尿壺」的清脆聲響，會做何反應？不由暗恨自己的想像力無微不至，不如想不及者般的幸福。

唯一可慶幸的，是將目標從周利用移往宗晉卿，後者當然比前者易吃多了。

此時擔心也是白擔心，唯有靜觀其變。

龍鷹心不在焉的聽著林壯與周利用言不及義的交談。

在這樣的心情下，時間似既漫長又若快如奔馬，教人心煩意亂。幸而尚未有打鬥聲自內進傳出，可堪告慰。

至少大半盞熱茶的工夫，周利用終現出警惕的神色，以手勢召喚留守宴會場地的高手之一。

龍鷹等四人看得心直往下沉。

林壯知機的停止和周利用胡扯。

「換人大法」於此刻發揮應有的效果，任周利用如何疑神疑鬼，仍不會懷疑到四人身上，因他們從未離開過其視線範圍。

年輕高手來到周利用後側，俯身湊下，聽周利用的吩咐。

周利用尚未發出指示，宗晉卿回來了。

龍鷹瞥去，一目了然。

席遙成功了。

宗晉卿一副中了招的模樣，神不守舍的，腳步虛浮，容色有點蒼白。

陪伴他的兩個高手全無異樣的神情，顯然壓根兒不曉得主子著了道兒。

席遙能在這樣的情況下，完成此近乎不可能的任務，確匪夷所思，不負其前世輪迴乃天師道大邪人盧循之名。

龍鷹先發制人，朝符太打個眼色。

符太知機的道：「總管大人喝多了！」

對方幾個人，包括周利用在內，人人露出釋然之色，被符太引導往合理的解釋。

宗晉卿搖搖頭，道：「沒醉！沒醉！今夜太高興哩！」重新入席。

林壯與周利用繼續先前有關高原天氣的話題，胡扯多幾句。

宗晉卿的臉回復血色，眼神開始集中，不再神不守舍似的。

四人暗鬆一口氣，終度過難關。

龍鷹長身而起，向林壯說吐蕃語。

林壯笑道：「輪到巴山杜去方便哩！」

龍鷹被帶到院落後方茅廁去，輕易和守在那裡的席遙「換人」。

接著龍鷹駕輕就熟的離開總管府，走當然比來時容易，因府內的防衛，是向外而非對內。

返八方樓等待半個時辰後，林壯等回來了，立即在樓內舉行密議。

林壯先問道：「天師怎辦得到？宗晉卿還有兩個人跟著去。」

席遙謙虛的道：「小事而已，因便壺非是以屏風分隔，而是置於小室之內，我躲在門楣上，還順便為宗晉卿掩門，令跟來的兩人以為是宗晉卿關的，宗晉卿則以為是兩人之一關的。這小子太急了，太少的秘方果有神效。」

眾人忍不住莞爾。

席遙道：「當他方便完畢，轉身時給我抓著腦袋，想不到他的意志異常薄弱，不到幾下呼息便給我迷掉心神，問他甚麼答甚麼。」

接著道：「他就在汴州西南一個北幫的秘密基地內。」

荊蒙歎道：「早該猜到是汴州。」

席遙含笑不語。

林壯是最沒資格評論，因不了解中土的地理環境。

龍鷹和符太不比林壯好多少，唯一曉得的，是在汴州與樓船會合，然後駛往洛陽，從而想到汴州乃水道網的重鎮，至乎必經之地。

符太問道：「汴州有何獨特之處？那晚我沒留神四周的環境。」

席遙道：「戰國七雄之時，汴州正是魏國首都大梁，故又名汴梁。與齊都臨淄、趙都邯鄲、楚都郢、秦都咸陽，同為當時名聞遐邇的都城。梁惠王就在此招賢納士，又開鑿鴻溝，所謂『北據燕趙，南通江淮，水陸都會，形勢富饒』是也。」

荊蒙大訝道：「天師對汴州的認識深入透徹，相比下，末將太膚淺了。」

龍鷹和符太交換個眼神，曉得對方所想。多一世輪迴經驗的席遙，前世又是叱咤風雲、爭霸天下的人物，不啻戰爭的天帥、神將。比較而言，即使法明曾有爭天下之心，仍止於紙上談兵的階段，不像席遙般領導天師道實際征戰，對當時各勢力內的中土大城均有深刻了解。

他們當然不會說破。

龍鷹問荊蒙道：「荊將軍對汴州有何認識？」

荊蒙答道：「末將只知汴州位於楚州和洛陽的水運交通線上，乃洛陽東面最重要的水陸交通樞紐，附近湖澤眾多。扼著汴州，等於扼著泗水和大河間水道網的咽喉。若竹花幫的船隊從楚州往洛陽去，汴州為必經之地。」

又道：「所以末將想過，如我是練元，會將戰船置於何處，汴州正是最佳選擇。」

林壯哂道：「這麼說，練元也不外如是，用兵不夠奇，可落入識者算中。」

符太朝龍鷹瞧去，道：「范爺怎看？只有你和他交過手。」

龍鷹道：「太少嗅到氣味了。」

符太道：「據你所形容，練元乃最狡猾河盜，飄閃難測，依道理，其佈陣的方式不可能被輕易看破，而偏是這個樣子，教人心生疑惑。」

龍鷹向席遙道：「請天師為我們作主。」

「天師」席遙哈哈笑道：「孺子可教也。練元的把戲怎瞞得過我。」

荊蒙失聲道：「那練元豈非連宗晉卿都騙了？」

龍鷹道：「此方合理。不要說練元不信任宗晉卿，恐怕他對田上淵的信任也多不到哪裡去。像練元這種人，目空一切，不信任任何人，這亦是他能縱橫一時的因由。」

符太道：「難道汴州只是個幌子？若然如此，宗晉卿理該知道。」

龍鷹請席遙發言。

席遙好整以暇的道：「汴州確是北幫船隊聚集處，藏在附近的支流、湖泊，枕戈候命。可是，這絕非練元的主力。水戰和陸戰不同，更講戰術，故范爺一艘江龍號，可在大運河的揚楚河段大破北幫數量龐大的鬥艦。」

荊蒙頭痛的道：「練元究竟在哪裡？」

席遙道：「離汴州不會太遠，因要收取最新的情報。」

稍頓續道：「河盜最聰明的隱身之法，是不在任何地方停留超過三天，故即使一時被敵人掌握行蹤，趕到時，河盜早轉移到別處去。練元必採此手段無疑。」

眾人瞠目以對，若然如此，如何可殺練元？

席遙胸有成竹的低聲道：「然而，今時不同往日，練元已從河盜升格為北幫關外的統帥，再非像如前般無跡可尋，只要我們下點工夫，找到他的機會很大。」

符太道：「肯定離汴州不遠，該不過五十里至一百里。」

席遙道：「百里太遠了，通訊困難，且必在汴州西南方。」

荊蒙咋舌道：「汴州南面的水道，大的有潁水、渦水、澳水、汴河，均支流無數，湖澤相連，如何搜尋？」

席遙道：「水道雖多，可是如竹花幫大舉北上，必選汴河。練元如藏在別的河道，將費時失事。」

符太喜道：「如此練元藏身處，已呼之欲出。」

席遙道：「還欠一著！」

龍鷹問道：「欠甚麼？」

席遙解釋道：「即使知是哪一條水道，要在眾多的支流湖澤尋得練元的船，無疑大海撈針，智者不為。」

荊蒙一呆道：「練元的船？不是船隊？」

龍鷹道：「我認同天師的看法，練元於揚楚河段受重挫後，痛定思痛，回復其河盜本色，將座駕改造為與江龍號相埒的戰船，集中他手下裡的精銳，以他慣用的手法，配合北幫的龐大船隊，俾能發揮其鬼神莫測的戰術。為方便起見，我們就稱他的戰船為『練元號』。」

接著向席遙請教，問道：「我們還欠哪一著？」

第六章　百里靈鴿

翌日。

龍鷹、符太、小敏兒和席遙，隨荊蒙的水師船隊離開洛陽，一進一出，不留絲毫痕跡。洛陽乃北幫地盤，不容疏忽。

黃昏前，龍鷹、符太、席遙在武涉附近離船，小敏兒則隨船到揚州去，交給桂有為好好安置。一個傳訊，立可把小敏兒送返符太身旁。

對於「醜神醫」未來的行止，尚未決定。

眼前當務之急，就是「擒賊先擒王」，殺死在水戰上與向任天齊名的高手，擊垮北幫在關外的主力船隊，殘局可留待竹花幫和黃河幫的聯軍收拾。

法明和鷹旅一眾兄弟見他們回來，又知掌握線索，士氣登上頂峰，人人摩拳擦掌，只看如何進行「屠練大計」。

眾領袖聚在一起商議。

聽畢從宗晉卿處挖得的情報，博真嚷道：「這麼近！」

法明道：「練元既以神出鬼沒橫行一時，自有一套在水道潛蹤匿跡的方法，一般的搜索未必有效，何況汴州乃水道集聚之處，湖澤眾多，隱蔽點數之不盡，範圍又大，想在短時間內找到練元，並不容易。」

君懷樸提議道：「我們可捨難取易，尋得北幫在汴州附近船隊隱藏處狂攻之，若能燒掉大部分的船，對北幫的打擊效果相同。」

法明搖頭道：「那就要看作為統帥的練元是否懂水戰，會否讓我們有火燒連環船般的機會。」

容傑道：「對！雖說在汴州附近，卻可分散在不同的隱藏點，有必要時空巢而出，會合成師。」

虎義頭痛的道：「如此豈非所得重要情報，不起作用。」

桑槐開始捲煙，手勢嫻熟。

龍鷹用靈鼻一嗅，喜道：「煙料很香。」

桑槐笑道：「中土貨，格外不同。來！點一根，包保靈思泉湧。」

龍鷹接過，叨在嘴角，桑槐打火點燃後，深吸一口，歎道：「果然立即靈思泉湧，找到技術在哪裡。」

接著把煙遞給身旁的符太，後者接過不吸，轉讓予權石左田，道：「技術是否在我們的天師身上？」

眾人聚在廟堂一角，圍油燈團團坐著，雖一時未有答案，可是人人好整以暇，皆因如此情況，曾屢屢經歷，最後仍可從沒辦法裡，尋得解決的辦法。

何況今趟有僧王、天師助陣，兩人均為老而成精、宗師級不可一世的超卓大家，論謀略、手段，不在龍鷹之下。

他們不知道的，是席遙的上世輪迴，乃數百年前天師道的二把手人物，曾轉戰天下，對水道瞭如指掌。其水戰、陸戰的經驗，不知該如何計算。

所有人的目光，因符太的話，全落在席遙身上。

席遙欣然道：「我要先弄清楚一件事，就是北幫通訊的方法。」

不論官府或江湖的大幫大會，不外快馬驛傳，又或飛鴿傳書。前者有人有馬便成，後者則須花時間訓練信鴿，非是一朝一夕可建立。兩者均為定點傳遞消息。

鳥妖的飛鷹傳書，更為穩妥快捷，不大受天氣、距離影響，然此不世之技，該已隨鳥妖的逝世失傳。

風過庭的神鷹，也可在某些特殊的情況下，偶一為之，卻非神鷹之所長。

龍鷹深吸一口氣，說出向任天對這方面的看法。

席遙恍然道：「原來用的是『百里靈鴿』之術，這個鳥妖，奇人也。」

眾人大喜。

法明笑道：「天師懂此異術嗎？」

席遙道：「我才沒閒情花這個工夫，因自有手下的人去做，花的不只時間、心血，還要有極大的耐性。」

管軼夫不解道：「天師現有手下精通此術？」

符太道：「你最好不要問。」

除龍鷹、法明外，人人不明所以。

席遙道：「先說此法的幾個特點。」

眾人洗耳恭聆，感覺像在聽江湖秘辛，皆因聞所未聞，匪夷所思。

席遙續下去道：「練此術者，本身須為在這方面有特別稟賦的人，能和鴿子有奇異交感，不是可以練回來的。」

法明道：「聽說在雲貴一帶，有人可藉神術驅鳥獸，是否確有其事？」

席遙道：「天下無奇不有，幾乎沒甚麼我未聽過，不過盡為旁門左道的小技小術，不能登大雅之堂。可是『百里靈鴿』，確為用於水戰的傳訊奇術，運用得宜，可決定成敗。」

博真又拋漢學，道：「望文生義，『百里』兩字，指的是否距離的限制？」

席遙答道：「百里、千里，只是好聽的形容。據我所知，靈鴿傳訊的距離，離百里有很大差距，且須有河可依，還須是靈鴿熟悉的，或清楚分明的主河道，方辦得到。」

法明歎道：「明白哩！」

席遙不厭其詳的解說道：「接著是選鴿，勿以為容易，有時在數千頭的鴿子裡，揀不到一頭，且必須在鴿子出生時立即收養，長成的鴿子，訓練起來事倍功半，若如練武，幼時開始，遠優於半途出家。」

博真咋舌道：「剛出生的雛兒，隻隻羽翼未豐，如何可分辨優劣？」

符太沒好氣道：「稟賦第一，明白嗎？」

君懷樸道：「這樣的情況下，訓練成材的『百里靈鴿』絕不多，對嗎？」

席遙道：「北幫能有三至四隻，已非常了不起。」

容傑道：「汴州的北幫船隊，必有一隻。」

君懷樸頭痛的道：「可是如他們分多處隱藏，我們如何曉得靈鴿在哪艘船上？」

席遙微笑道：「懷樸的煩惱，是以為我們須跟蹤靈鴿，從而尋出練元藏處，然此法似是可行，實際上絕行不通，除非靈鴿是在陸上以直線飛行。」

眾人聽得似明非明。

席遙接著道：「現在我們來到關鍵之處，就是一般信鴿和『百里靈鴿』的分別，前者乃定點飛行，來回於兩個地方；靈鴿屬非定點飛行，是搜尋式的飛行，讓靈鴿有個大致的方向，牠會朝那方向飛去，搜尋數十里內的河道、湖澤。」

桑槐抽一口煙，歎道：「難怪天師說難以追躡，牠忽然飛過湖澤，我們只能徒呼奈何，坐看其振翼遠去。」

席遙道：「靈鴿為搜尋目標，將飛至其高度的極限，更添追蹤的困難。」

符太抓頭道：「豈非得物無所用？」

博真糾正道：「是『入寶山，空手回』。哈！」

符太罵道：「你奶奶的！」

法明笑道：「天師之計，豈是你們幾個毛頭小子猜得到的。」

龍鷹向席遙道：「練元今次死定了，對嗎？」

席遙微笑道：「確然如此，殺練元後，我們來個兵分多路，一路由我們『兩大老妖』負責，神出鬼沒的攻擊北幫水陸兩路的目標。表面上是報復田上淵在關中對我們的盛情款待，實則為北征的聯軍開路，弄得他們應接不暇，傷亡慘重。」

君懷樸讚道：「北幫群龍無首下，定經不起衝擊。可是，如何殺練元？」

法明代席遙答道：「鳥兒最大的本領為何？」

博真道：「是會飛！」

符太道：「此為基本功，僧王問的顯然非這個。」

法明道：「是鳥眼，可同時看兩邊，視野廣闊，俯瞰遠近，只須訓練牠認懂某種特別顏色的旗幟，可找到傳訊的目標，也就是練元的座駕舟。」

眾人叫絕。

就是這麼的簡單。

席遙道：「此旗幟高高豎起，方便鳥兒，晚間則亮著特別的色光，須搜尋的範圍，離汴州附近的北幫艦隊該不過五十里的距離，如此只要尋到北幫艦隊的位置，可大概推測練元座駕舟所在，大大縮小須搜索的範圍。」

法明道：「若練元藏身河灣、湖濱的密林區內，我們從陸上望去，未必看得到，只有從高處看下去才能發現旗號、燈號。我們總不可能逐里逐畝的搜尋，動輒驚動敵人。」

龍鷹鼓掌道：「技術就在這裡！」

龍鷹睡醒，精滿神足。

吃過早飯，與一眾兄弟說話，道：「我想到最後的方法，就是向鳥妖偷師，複製出他創造的鳥衣，我曾親眼瞧著穿上鳥衣的鳥妖，在我前面飛得輕鬆寫意，靈活自如，令人羨慕。」

君懷樸動容道：「確沒有更好的選擇，烏衣乃烏妖經無數次試驗，千錘百鍊下精製而成的獨門絕活。」

權石左田道：「鷹爺將烏衣的圖樣畫出來，並列出所需材料，我們可到武涉購買，回來後立即動工。」

容傑取來紙、筆，讓龍鷹畫出圖樣。完成後，人人嘖嘖稱奇，細緻準確。

符太來了，道：「小鷹，頭子著你去。」

眾人錯愕，好一陣子方會過意來，起鬨嚷鬧。

龍鷹隨符太走出廟堂，到離廟百多步遠處，見席遙和法明各拿著一根樹枝，在泥地上比畫著。

龍鷹趨前俯頭一看，原來他們在泥沙地上畫出山川形勢的簡圖，並討論其準確度。

法明以樹枝在一條較粗深的河道加上一道淺淺的支流，欣然道：「終完成汴州的大小河道、湖泊、山林，大致是這個樣子，雖不中，不遠矣。」

龍鷹蹲下來，用神觀看。

席遙道：「此戰絕不可操之過急，機會只得一個，必須一矢中的。」

法明道：「不但須謀定後動，還要做好知敵的所有準備工夫，關鍵在掌握整個敵人的形勢後，敵人仍給蒙在鼓裡，我們方能以奇兵襲之，令敵人永無翻身之望。」

席遙道：「我們現時的戰略，是基於練元的河盜特性和過往作風設計，等若將所有籌碼全投在他身上，一旦猜錯，我們將進退失據，至或走入歧途。」

龍鷹點頭道：「對！」

席遙道：「從宗晉卿處，我們竊得北幫最重大的情報，就是練元在汴州，所有情報均以信鴿送往汴州，由此而推測，北幫的主力戰船隊分佈在汴州以南的多個秘密基地，而練元則藏在附近某處，我們這個估算，該錯不到哪裡去。然而，不怕一萬，怕萬一，故我們須有應變的計策。」

符太靠著龍鷹蹲下來，向龍鷹道：「聽到了嗎？這才是真正的運籌帷幄，與你憑直覺的戰法不同。」

法明道：「仍然要倚仗他的魔種，至今仍所向無敵，天下沒人能與之爭鋒。不過，今趟要求的，是一仗定勝負，徹底擊垮北幫在關外的戰力，故不可魯莽出手。可以這麼說，是我們要營造出最有利的形勢，讓龍鷹可將他的魔種發揮得淋漓盡致。」

席遙接下去道：「不得不防者，宗晉卿大有可能派出洛陽水師，直接參與這場大水戰。」

龍鷹動容。

席遙說得對。

現由於李顯昏庸，皇權幾被架空，韋宗集團已成隻手遮天之勢。奪位之計如火如荼的進行當中，際此非常時期，韋宗集團將不惜一切，保持其獨大之局。

「范輕舟」的忽然南下，敲響他們的警號，又在大運河揚楚河段北幫慘敗的前車之鑑下，韋宗集團豈容類似情況再一次發生，干涉乃必然的事，問題只在如何干涉，是暗助還是明幫。

法明道：「洛陽水師乃天下三大水師之一，實力不在揚州和洞庭湖水師之下，戰力則在數倍北幫之上，且訓練有素，艦種眾多，支援處處。」

稍頓，續道：「如在正常情況下，遇上洛陽水師，竹花幫和黃河幫的聯軍肯定吃不完兜著走。在現今的形勢裡，宗楚客只須隨便找個藉口，例如指我們的聯軍為大江聯，可將責任推個一乾二淨，故而洛陽水師的參與，我們必須計算在內。」

席遙接下去道：「即使對北幫水道力量的分佈，我們曉得的，惟有汴州，且尚待派人實地掌握，至於其他地方，一無所知，此為水戰的大忌，一旦船隊從四通八達的水道網開來，將徹底顛覆我們的計劃。」

符太站起來，點頭道：「對！光殺掉練元仍未足夠，至少須殲滅北幫在關外過半的戰船，始能起作用。」

龍鷹長身而起，佩服道：「天師和僧王想到小子沒想過的事。」

法明笑道：「我只是附在天師驥尾，天師才真的是算無遺策。」

席遙感觸甚深的歎道：「以前和我周旋的，是南朝的水師船隊，我慣了全局設想，這個習性怎改得掉？」

符太笑道：「幸好天師改不掉。」

龍鷹虛心討教，道：「我們該怎麼辦？」

席遙微笑道：「第一步是知會我們的聯軍，著他們大舉北上，此為引蛇出洞之計，我們則在旁默默監察，從而掌握北幫和官府水師的戰力佈局。」

符太嚷道：「好計！對方定以為我們的老范抵楚州後，立即率聯軍大舉北上，卻沒想過我們暗伺一旁。」

龍鷹問道：「該採何路線？」

席遙道：「就是大運河的路線，因河道寬闊，有利船多的一方。憑著北幫在揚楚河段一戰損失大批戰船，實力被嚴重削弱，故而聯軍以泰山壓頂之勢北上，理所當然，為的是逼北幫來個水戰大對決。」

大運河的路線，是從楚州循泗水西行，至泗州後轉北入汴河，朝西北行直抵汴州。於茫不知北幫得到大批戰船補充，又不曉得洛陽水師將插手干涉下，如此戰術合情合理。

席遙道：「當聯軍駛入汴河，將在敵人心裡形成有去無回的錯覺，勢全面調動，佈置殺局，此時我們的機會來了。採最靈活的戰法，避重而就輕，針對敵人之短，發揮我們之所長。」

又道：「然而萬變不離其宗，最初的想法，仍然是最佳的策略，就是擒賊先擒王，先幹掉對方最擅水戰的練元，時機最關鍵，過遲、太早均為不及。」

符太摩拳擦掌的道：「該來到實際行動的細節哩！」

第七章　捲土之計

三天後，龍鷹憑魔奔趕抵楚州。

一個時辰前，鄭居中的船剛到楚州，說不到幾句，龍鷹來了。

聯軍散佈在楚州一帶的水域。雖說是聯軍，黃河幫參與的，只是七艘新落水的戰船，仍未熟習新船的性能，且須隨航行不住改善，難發揮最強的戰力。不過，操船的全為大江聯水戰的精銳，平均實力超越竹花幫的一般成員，其中更不乏高奇湛麾下的一等一好手。

江龍號泊在楚州西北泗水的一個隱蔽支河裡，暗哨處處。因著鄭居中的回來，陶顯揚、柳宛真、高奇湛、天龐被邀到江龍號商量大計。

鄭居中說畢所知的事後，龍鷹自天而降，避過四周的暗哨。

雖然於喬裝李隆基時剃去鬍鬚，可是在魔奔途上長出一臉「范輕舟」式的鬍子，對他沒有難度。

龍鷹非常小心，先藏身江龍號附近林木內一株老樹之顛，取出小工具將鬍子修剪妥當，以免被柳宛真看到他滿臉亂鬍，心生疑惑。

公孫逸、胡安、度正寒、凌丹等一眾向任天的手下，雖給龍鷹嚇一大跳，仍立即辨認出是龍鷹，忙將他請上艙廳。

不知如何，踏足江龍號，一顆心立即安定下來，不單因對江龍號的熟悉，更因不論船和人，均予他信心倍添的感受。

桂有為、向任天、鄭居中、高奇湛、天龐都著著實實給龍鷹的忽然駕臨駭了一跳，倒是陶顯揚糊裡糊塗的，沒特別的反應。真不知柳宛真向他施了甚麼妖術。

龍鷹坐入眾人圍坐的大圓桌，位於桂有為和向任天間，對面是高奇湛、柳宛真、陶顯揚和天龐四人。鄭居中處左側。

喝兩口熱茶後，龍鷹吁一口氣道：「趕得辛苦。」

柳宛真用神打量龍鷹，不放過任何可提供線索的蛛絲馬跡，不是她在懷疑甚麼，而是龍鷹來得太快了，令她不解。

此女確天生尤物，不用搔首弄姿，正經八百的坐著，足使任何男人心癢。

從柳宛真，龍鷹想到都瑾，肯定級數等同，後者更比眼前此女年輕，對上了年紀的相王特別有吸引力。失去青春者，可從年輕女性身上尋回寶貴的青春。

桂有為問龍鷹道：「你沒有隨樓船到洛陽去嗎？」

龍鷹道：「因有新的發展。」

不待各人針對此問題再發言，沉聲道：「我們發現北幫的主力，密藏於汴州東南的多個隱秘碼頭。」

高奇湛沒發覺龍鷹的破綻，同意道：「汴州乃洛陽東面水陸交匯處，四通八達，進可攻、退可守，沒有比汴州更理想的地方。」

又道：「不過，汴州離楚州，只比洛陽近上一天水程，又使人感到意外。」

龍鷹道：「若有洛陽水師與北幫並肩作戰又如何？如此當然不該離洛陽太遠。」

除向任天容色不變外，人人臉現駭然之色。

即使當年北幫掃蕩黃河幫、洛陽幫和竹花幫的聯軍，洛陽水師是於暗裡提供支援，在背後撐北幫的腰，從不直接參加戰鬥。

龍鷹現在說的，代表官方對水道幫會的鬥爭、仇殺，改變一貫立場。

陶顯揚終開腔說話，道：「我們只攻打汴州以南、北幫在各大城鎮的地盤又如何？」

龍鷹、桂有為等聽得心裡暗歎，際此全面反攻的時候，陶顯揚仍缺乏冒險犯難的鬥志和勇氣，教人嗟歎。

龍鷹道：「幫主明鑒，眼前是我們唯一的機會，錯過了永不回頭。」

桂有為皺眉道：「范爺可作進一步的解釋嗎？」

龍鷹說出西京現時的政治局面，特別指出安樂和武延秀的大婚，將為李顯皇朝第二次政變的時刻，當李顯駕崩時，若洛陽至西京的水道仍牢牢控制在北幫手上，那西京所有反對韋宗集團的勢力，將被宗楚客和田上淵連根拔起，變成韋宗集團獨大之局。

屆時只要捧出李重福或李重茂做傀儡皇帝，韋宗集團挾天子以令諸侯，可為所欲為，走上女帝當年成功的奪位大道。

龍鷹結論道：「時間並非在我們一方。」

桂有為向陶顯揚道：「敵人壓根兒不介意我們在這個區域及鄰近幹甚麼，一天封鎖大運河，我們能做的事，對他們是無關痛癢。若我們因急於求成，弄至兵力分散，他們隨時可以雷霆萬鈞之勢，順水逐城逐鎮的收復失地，又或憑水師和地方官府之力，將我們驅逐出境。在這樣的情勢下，我們沒有還手之力。說到底，現時的幫會之爭，變成了政權之爭。」

高奇湛沉吟道：「官府的一關，有何應付之法？」

龍鷹微笑道：「那就要倚仗你們了，看能否回復舊況。」

柳宛真說話了，輕輕道：「敢問范當家，此話從何說起？」

她發話，氣氛頓然活潑起來，既因她有種軟語相求的味兒，令人心融化，更因陶顯揚立即抖擻精神，現出振奮的「有為」模樣，效果神奇。

龍鷹心忖媚術的影響無孔不入，以自己而言，多多少少感到不可辜負美人，怎都要有點表現才成。

與斜對面的天龐，交換個有會於心的眼神後，好整以暇的道：「所謂回復舊觀，分兩方面來說。」

到人人露出聆聽之態，接下去道：「首先是桂幫主一方，只要竹花幫行走大運河的客船、貨船暢行無阻，可直抵洛陽和關中，便是回復舊觀，在這樣的情況下，除非朝廷有令，否則洛陽水師無從干涉。而這樣的一個命令，超出了宗楚客的權限，只有皇上可下令，那亦等若戰爭的命令，隨時釀成官逼民反。且如何分辨哪條是竹花幫旗下的船？哪艘不是竹花幫的船？這要像北幫般控制以百計城鎮的本地幫會，滲透每個碼頭方辦得到。」

桂有為第一個同意。

當年竹花幫因徒眾觸怒女帝，被女帝向竹花幫下封殺令，他記憶猶深。

鄭居中道：「可是……可是我們的皇上……」

龍鷹派他定心丸，道：「我可保證宗楚客提也不敢提此事，因皇上已對他生出懷疑，如無端端要洛陽水師封鎖大運河，皇上不認為他想造反才怪。」

天龐不解道：「為何宗晉卿又敢動用洛陽水師，與北幫攜手對付我們？」

龍鷹淡淡道：「兩大老妖。」

眾人聽得一頭霧水。

龍鷹扼要解釋後，道：「宗楚客藉此可大動干戈，不論發生何事，亦可歸之於對方漸離和康道昇的追捕，皇上為自身的安全，又受蒙蔽，不會為此說話。」

稍頓，續道：「從現在開始，到安樂和武延秀的大婚，關中、洛陽均處於高度戒備狀態，可藉搜捕『兩大老妖』為名，調動各級軍隊，等若與北幫連成一氣。」

桂有為冷哼道：「說到真要控制關中、關外的軍隊，宗楚客時日尚淺，韋溫的兵部尚書則欠缺軍功聲望，軍內不服者大有人在。宗晉卿、周利用，比起宗楚客，遠有不如，且軍方對北幫的橫行霸道，非常不滿，只是敢怒不敢言。」

薑是老的辣，對此，與軍方淵源深厚的桂有為，對軍內情況知之甚詳。

大唐軍隊自成體系，任何軍中的大調動，須得皇上首肯，非是韋溫的兵部尚書說了算，否則郭元振早給撤職。

桂有為又道：「宗晉卿任職洛陽總管，並沒有兼任當地節度使的重職，純為一時權宜的調度。如非朝廷有諭令發下來，宗晉卿壓根兒無權調動洛陽水師。洛陽水師的統帥左清風，屬丘神勣的系統，由聖神皇帝親自任命。韋后和宗楚客想動他，不改朝換代，絕辦不到。」

龍鷹心忖原來是老朋友的手下。當年到荒谷小屋抓他的軍兵，由丘神勣指揮，自此龍鷹和丘神勣關係良好。後來丘神勣曉得李顯回朝，知自己滿手唐室子弟的鮮血，請龍鷹向女帝說項，好告老歸田，避過殺身大禍。

對山頭林立的軍中狀況，桂有為在這方面的認識，走過的橋比他走過的路還要多。

高奇湛聽得雙目放光，道：「這麼說，北幫與官府的聯手作戰，有極大的局限性。」

桂有為道：「須看是哪個層面的調動，例如洛陽城內，又或涉及大運河，而不論哪個情況，洛陽水師不可能和北幫聯手作戰，連宗楚客亦不敢下這麼的一道命令。」

陶顯揚忍不住道：「既然如此，我們何須將洛陽水師計算在內？」

柳宛真或許也感到陶顯揚太不成樣子，湊近他婉轉解釋，道：「宗晉卿可藉搜捕兩大老妖為名，著左清風封鎖某一河段，遍搜河段上所有船隻，逮捕疑人。這只是其中一例。」

高奇湛道：「宗楚客更可以兩大老妖與大江聯勾結，密謀造反，將我們的船隊指為大江聯的船隊，以討反賊為名，調動洛陽水師，皇上在不明就裡下，肯定中計。而對朝廷的真正情況，宗楚客如何一手遮天，我們是一無所知，必須做出最壞的打算。」

龍鷹暗忖這就是一人計短，二人計長，他們現在說的，都是他沒想過的事，言之成理，極可能接近現實。

柳宛真向龍鷹道：「范當家的回復舊觀，說了一方面，另一方面指的是甚麼？」

龍鷹道：「就是貴幫從幽州南下，逐一收復以前失去或被北幫鵲巢鳩佔的地盤和物業，由於名正言順，官府沒得干涉。」

人人聽得愕然以對。

惟向任天唇角逸出笑意，顯然掌握到龍鷹心內定計。

龍鷹接下去道：「如何進行，由貴幫斟酌。愚意認為，可派出強大的先頭部隊，將北幫散佈大河河域的據點逐個挑掉，以振黃河幫的聲威，又不用和敵人在水道上硬撼，每控制某一重要城鎮，貴幫的船隊才開進去，鞏固戰果。」

柳宛真秀眉緊蹙，道：「在現時的情況下，我們和北幫實力懸殊，怎辦得到？」

龍鷹微笑道：「貴幫自北而來，桂幫主自南而上，目標是會師洛陽，此為捲土重來之計。怎辦得到，只要我們能令北幫在汴州集結關外的戰船，再次被一舉擊垮，本沒可能的事，將變得有可能。」

向任天歎道：「精采！」

龍鷹道：「那將是一場快如電閃的決戰，在官府干涉前，塵埃落定，此戰的方式，壓根兒不是對方所想像般，而是以奇兵襲之，先幹掉練元，再對北幫船隊施以連環重擊，最後由以江龍號為首、貴精不貴多的精銳船隊，完成肅清河道的任務。問題在能否做到敵不知我，我卻知敵，此為勝敗關鍵。」

高奇湛不解道：「北幫船堅人壯，實力強橫，若在汴州南面的水道集結，必戒備森嚴，我們儘管傾全力與之對決，勝負仍難逆料。可是，范當家卻似有十足信心，不用我們直接參戰，可憑范當家一方擊潰之，范當家有以教我。」

龍鷹道：「我的班底，就是江舟隆的班底，主要為鷹爺遠征塞外的勁旅，在鷹爺指示下，加入江舟隆，還有多個塞外來一等一的高手，總人數不過二百，然戰力之強，敢誇天下無雙。如若戰術運用得宜，驟然發動，北幫將吃不完兜著走。」

向任天淡淡道：「擒賊先擒王，一旦練元伏誅，北幫等於魂魄被奪，就像上趟的大運河之戰，縱然實力總和在江龍號百倍以上，沒法用上半點力氣，只餘待宰的份兒。」

桂有為道：「兵貴神速，現在賢姪立即率船從泗水出海，全速趕返幽州，然後依計分頭行事，自北捲土南來，碾碎北幫任何反抗力量。龜縮在關中的田上淵覺察有異時，米已成炊，回天乏力。」

又保證道：「我隨江龍號出征，突破封鎖後，聯絡洛陽軍區的一眾將領，為賢姪的捲土重來鋪路。」

長長吁出一口壓在心頭濁氣後，歎道：「終看到一線曙光。」

龍鷹明白他的感觸。

只恨黃河幫的捲土重來，等若台勒虛雲移植大江聯到北方來之計，大功告成。然而這成為了眼前唯一的選擇，不如此，沒法制衡韋宗集團的強勢，大幅壓縮田上淵的北幫。

「收復洛陽」後，下一步是「收復關中」，政治鬥爭裡，尚有江湖的爭霸。於李重俊的兵變裡，田上淵清楚證明，江湖力量能起左右大局的作用。

時機稍縱即逝，一俟宗楚客完全控制關中的唐軍，反對者勢死無葬身之地。他們趁的就是於韋宗集團陣腳未穩之時，憑「相王」李旦的號召力，予韋宗集團無情的反撲。在這樣的情況下，須先擊潰在關中一幫獨大的田上淵。

各人就細節商量妥當後，會議結束。

在龍鷹示意下，向任天送他一程。

泗水在腳下奔流。

兩人立在岸旁一塊大石上。

向任天仰首觀天，道：「今年的中秋月，特別明亮。」

龍鷹笑道：「向大哥的心情很好。」

向任天欣然道：「全賴老弟！」

又道：「依鷹爺的計劃，我該沒有手刃練元的機會。」

龍鷹道：「我們的目標，是不惜一切取練元的老命，其他均為次要。」

向任天道：「這個我明白。」

龍鷹道：「我必須找機會和向大哥私下說話，是因有些事不宜被黃河幫一方聽到。」

向任天問道：「哪方面？」

龍鷹道：「向大哥有沒有把握可避過北幫耳目，神不知、鬼不覺的，突然出現在汴州附近水域？遠一點沒關係，至重要是可投入汴州的戰場。」

向任天沉吟片刻，點頭道：「本沒半點把握，因不知北幫戰船分佈的情況，現在既曉得北幫的主力集中在汴州南面一帶，且因我幫的戰船大舉沿大運河北上，惹得北幫將遠近船隻集中到汴州去，我包保可辦到。」

又不解道：「鷹爺怎可能得到如此可決定勝敗的關鍵情報？」

龍鷹道：「情報來自宗晉卿，至於如何從他處挖出來，有機會再向大哥報上。」

向任天道：「我將改走渙水，於抵汴州前，從一河湖相連的隱秘水道切入汴河去，可神鬼不覺。」

兩人商量會合的地點後，龍鷹揚長去了。

第八章　誤打誤撞

龍鷹投石般沖天而上，直抵離平地六十多丈的高空，展開新製成的鳥衣，如乘虛御風的巨鳥，趕上一陣西北長風，奇蹟似的倏地上升近三丈，這才控制「鳥翼」，來個大迴旋，朝東南方黑壓壓一片延展至無垠、河湖交織的草野樹林飛去。

回頭一瞥。

作為彈射起點的山峰，只剩下一個暗影，送他上山的博真和容傑，如沒入黑暗的幽靈，雖感覺得到，卻沒法和山峰的陰暗區分開來。

周圍的廣闊地域，莫不是沃野平原，這已是他們能尋得到最高的山。

於龍鷹趕往楚州的時候，潛伏汴州西面武涉附近藏軍廟的己方沒有閒著，到附近購買材料，巧製出鳥妖的飛行法寶鳥衣是其中一項；另一工作是為總數一百八十人的勁旅成員整裝，全體換上黑色、有利於夜襲的勁裝，做足瞞敵的工夫，材料分從不同城鎮購得。

更重要的，是掌握北幫敵艦的分佈形勢。此任務由武功最高強的法明、席遙和符太負責。分頭出動，晝伏夜出，搜遍汴州一帶河湖水道，花了五至六天的工夫，對敵況已瞭若指掌。

法明也曾搜索汴州東南的區域，卻沒發現猜想中練元的帥艦，令他們一度認為練元是和汴州區的北幫主力艦隊在一塊兒，沒離群隱藏。

但席遙始終堅持看法，龍鷹亦直覺如此，最好的辦法，是試他奶奶一趟，看高空察蹤之術是否靈光，沒結果，便改為偷襲汴州的北幫主力，擇肥而噬，效果比起擒賊先擒王大打折扣，但怎都好過沒有作為。

一百八十個勁旅成員，加上法明、席遙、符太和龍鷹，共一百八十四人，分作三組。第一組八十八人，由君懷樸率領；第二組八十七人，由權石左田率領；餘下的一組，便是「屠練小組」，人數只九個，卻是實力最強大，包括龍鷹、符太、法明、席遙、博真、虎義、管軼夫、桑槐和容傑，因不容有失也。

除龍鷹、符太、法明和席遙外，全體配備弩弓和經浸製過的烈火箭，務以戰術取勝，發揮以暗算明、以己長對敵短的奇效。

龍鷹彈離山峰頂的一刻，第一組和第二組的兄弟，早於半天前潛赴汴州南面敵艦駐紮處，取其最大的艦船集結群，要在一開始即予敵人最鉅的重創。

之所以能佔據這般優越的戰略形勢，歸功於吐蕃和親團，當然，荊蒙的掩護至關重要，沒他的合作，休想能瞞天過海，將勁旅成員送往敵後。換過不是這樣，在北幫全面戒備下，絕不可能瞞過對方耳目。

是夜月黑風高。

龍鷹返武涉後，苦待五天，方等到此適合行動的「天時」。

忽然風勢減弱，縱然千萬個不情願，仍敵不過自然的法則，倏地滑翔往下近十丈，離最高聳的林尖已不到七十丈。

這是個危險的高度。

在一瀉數里的高速滑翔下，此時離出發的那座山，至少有四十多里之遙，即使魔奔，亦絕不可能及得上這個速度，而魔奔已等若陸上最快的「飛行」。

前方出現兩條長長的白帶，顯然是河道的分流處，兩岸為密林，錯非在這個鳥瞰的角度，於平地上不走至近處，休想察見。另一條件是龍鷹的一雙魔目，能從水陸微僅可察的區別分辨出來。

眼看還要下降，幸好另一陣風颳來，讓龍鷹的鳥衣回復動力，「霍霍」聲裡，龍鷹趁機來個大迴旋，先斜沖往上，然後拐彎，將魔種的靈覺展至極限，此大迴旋廣及方圓十多里之地，魔目瞧得更遠，只要有丁點兒燈光，即使遠在四、五十里之外，保證避不過他廣被整個河湖平原的搜尋。

仍一無所見。

以龍鷹的心志，也不由感到氣餒。

難道真的猜錯了，練元沒離群？

想想又不覺得是這樣子。

以水戰戰略言之，明知「聯軍」沿大運河北上洛陽，遂在汴州佈下陷阱，如將艦隊聚攏一處，雖可迎頭痛擊，卻難收甕中捉鱉之效。

兼且練元最擅長的戰術，乃河盜神出鬼沒的戰術，如此只有埋伏在更有利的位置，方能發揮練元之所長。

想深一層，以練元睚眥必報的性格，勢視被范輕舟和向任天的江龍號所重挫為奇恥大辱，若容江龍號逃返南方，他即使盡殲其他敵船，仍沒法洩心頭之恨。

練元比任何人清楚江龍號的超卓性能，縱然墜進陷阱重圍，突圍逃走仍大有可能，這樣的情況下，練元只有潛伏下游，方有可能及時攔截，令江龍號永遠不能返揚州去。經過這段日子，深諳水戰的練元，必有剋制江龍號的萬全之策。

「聯軍」大舉北上的消息，應於三至四天前傳到汴州來，故近兩天亦看到汴州北幫艦隻的頻繁調動，紛紛進入接近汴河的河灣和支流隱秘處，當「聯軍」經過某一河段，北幫的戰船會從藏身處蜂擁而出，可預期一下子將「聯軍」切斷為首尾不顧的十多截，粉碎「聯軍」頑抗力。

此時，藏在汴河下游某河域的「練元號」會封死「聯軍」後路。

思量之際，龍鷹飛翔的空域，竟變得滴風不剩。

龍鷹心叫糟糕時，已不由他控制的朝下滑翔。

倏忽間，下落近四十丈。

到離林頂僅餘十多丈，一陣風從下迎來，龍鷹提氣輕身，勉強化落下為上升，回到離林頂二十多丈的高空，又借風來個迴旋往上，暫避掉進密林裡的結果。

不過！他亦清楚自己已是強弩之末，飛不到多遠，此時休說沒法找尋「練元號」的目標，連置身何處，正朝哪個方向飛，全部一塌糊塗。

今趟不論起點、飛翔路線，都難與從高原大山峰頂相比。

高原上颳的是強勁的烈風、長風，高空上的氣流可憑魔種先一步掌握，又可借鑑正在眼前飛遁的鳥妖，故痛快至極。

今回作起點的山峰，與之相比是小丘和崇山峻嶺的分別，可謂先天不足，不論後天如何努力，差上一大截。

換過靈鴿，一直保持在高空俯瞰遠近的位置，是另一回事。

龍鷹飛翔高度保持不了多久，再次朝下滑落。

更打擊他信心的，是整個行動植基於一個假設上，就是「練元號」離隊隱藏，若猜錯了，縱化身鳥兒，仍一無所得。

黑壓壓一片、望之無盡的林野，似迎頭照面的朝上覆來。

下一刻，龍鷹收起「鳥翼」，降落在一株特高的槐樹頂的橫椏處，以他的堅毅，仍禁不住洩氣。

他奶奶的！難道就這麼俯首認輸？

首先須弄清楚身在何方。

際此月黑風高之夜，不見絲毫月色星光，任他三頭六臂，仍難辨別位置、方向。起點的丘峰，位於汴州南面，若依原定路線飛行，此刻便該在汴河東南的岸林區，只是剛才顧著保持停留在高空，不住左拐右彎，方向改了又改，到現在完全迷失了方向。

幸好！他仍有一著。

龍鷹倚樹頂而立，希望可發現河流或湖泊一類的地標，提供其位置的線索。

很快他便失望了。

眼所見全是隨秋風搖晃起舞的林樹，「沙沙」作響。

來到這個位置，反發覺風勢比高空更充沛和強勁。然而，想從低地重返高空，是癡人說夢。

做短程、斷續式的飛行又如何？

肯定可辦到，不過，每趟短飛，能顧及的範圍有一至兩里已非常理想，數里之外便超出他的視野，而汴州以南的河原，廣被千里，這般的去尋找「練元號」，無異若如以跳蚤的目光去看世界。

龍鷹暗歎一口氣，將所有沮喪失落的情緒全排出腦際之外，道心退藏，讓魔種出而主事，進行對席遙的呼喚。

此正為今夜行動最玄妙之處。

沒有席遙的搜魂異術，或欠缺龍鷹的魔種，絕辦不到。

當日龍鷹和席遙在對付宗晉卿的行動上，曾牛刀小試，令龍鷹掌握席遙的位置，曉得潛入總管府的時機。

今次距離遠多了，但席遙有信心，只要在方圓百里內，其搜魂之術可應付裕如。故此他們的「屠練小組」必須是己方裡武功最高強的人，人數也不宜多，必須能在敵人的知感外，潛過廣闊的河原區，以最快的速度，趕來與龍鷹會合。

搜魂術只能令雙方感應到對方的距離和位置，不可以憑此互通信息，故而有利有弊，龍鷹如此和席遙建立心靈連繫，將令席遙一方誤會，以為他尋得「練元號」，立即全速趕來。

龍鷹的辦法是亦朝「屠練小組」的來向迎過去，希望可減少他們走的冤枉路。

魔覺以前之未有的驚人速度，朝四面八方擴展。

剎那間，他與席遙建立連繫。

下一刻，龍鷹回復平常意識和狀態，卻是頭皮發麻。

我的娘！

終察覺敵蹤，卻非是靜止或在移動的「練元號」，而是大群的敵人。由於敵人正處於潛藏的狀態，沒惹起龍鷹的警覺，若非湊巧龍鷹全力展開魔覺，勢失諸交臂。

根據與席遙精神力的接觸，他現時所處林區，該為汴河西岸的位置。若依原定計劃，他算飛錯了方向。

原本立意搜索的區域，乃汴州東南面的水域，也是汴河以東的河流湖泊，此為順理成章的推測，因北幫的主力部隊散佈汴州東南面的河道網，「練元號」亦該位於不遠，好互相呼應。

感應來自南面離他三十多里的位置。

此刻回過神來，感應消失。

一時間，他弄不清楚是怎麼一回事，可是比之剛才的自己，現在的他揮掉頹氣，志滿神足。

驀地龍鷹雙腳一縮一伸，腳底勁發，彈上二十多丈的高空，四肢箕張，若化而為鳥，藉著一陣西北風，保持著高度，好一會兒後，始滑翔往下。

未知是否「人逢喜事精神爽」，汴河如其所願的出現在左方二十多里外，時現時隱的，但已令他喜上添喜，掌握到自己的位置，也令他直至剛才仍是茫無頭緒、徒勞無功的搜索行動，重拾正軌。

找到或找不到「練元號」，有著天淵之別。

找不到的話，任第一組和第二組兄弟如何成功，頂多燒掉對方二十至三十條船，造成騷擾，卻非決定性。且你放火，敵人救火，還一邊反擊，最後可摧毀對方多少戰艦，屬未知之數。

後果是己方暴露行藏，若對方知會集結在洛陽的水師，到汴河水域進行大搜索，他們還要東躲西藏，失去再次突襲的能力。

可是，若「屠練之計」成功，在到來的江龍號配合下，他們可連消帶打，正面衝擊北幫失去主帥的艦隊。

一來一回，相去千里。

龍鷹不敢偏向往汴河的一方，因想到如先前感應無誤，北幫在汴河西岸有集結，其注意力將集中往汴河。

誰想過有人會穿林過野的，又是從北面潛過去？

龍鷹段段下降。

這回他不用擔心飛不起來，愈低飛，愈有利隱藏，瞞過對方的哨探。

龍鷹降落另一株老樹之顛，此時離目標的位置不到八里。

龍鷹脫掉鳥衣，掛在橫椏處，露出夜行勁服。接著從高達四丈的樹頂躍下，踏足鋪滿枯葉的林地。

感覺踏實多了。

他展開身法，盡量以手抓樹木探出來的橫幹，邊鼴鰍般朝目標摸過去，防止踩上枯葉時發出不可避免的聲響。

靈覺全面施展，不漏過任何異動。

戛然而止。

他感應到敵人，更嗅到水的氣味，但仍是不明白。

於其前方里許處，橫亙著一道小河流，該為汴河的支河，水響聲清晰可聞。如有戰船集結，距離這般近，應可聽到船浮在水面的聲響，還有因而產生的波動，絕瞞不過他。

確有船體浮盪水面的響聲，卻非是大船，反像一排小船，令龍鷹百思不得其解。費這麼多力氣將一個小船隊藏在此處，頗有點小題大做。

小船須人力操縱，在汴河般的河流，速度遠遜大型風帆，以之攔截退路，「聯軍」的戰船若掉頭順水而來，不用居高臨下餵以勁箭，剩是直接撞擊，足可突圍而遁。

在藏舟支河的南岸，有個敵人駐紮的營地，大多數人入帳休息，還傳出鼻鼾聲，照龍鷹估計，在一百五十到二百人間。

沿支河有二十多個哨崗，一如所料，過半集中在岸區。

龍鷹小心翼翼的朝前移，仍然足不著地。

推進十多丈後，異響傳入耳裡，卻沒有令龍鷹更清楚，而是更糊塗。

他聽到金屬在拋蕩下發出的聲音，還有是大車輪來回輕轉的異響。

究竟是甚麼一回事？

下一刻龍鷹繼續前進，於離支河七、八丈的位置，攀樹而上，直抵樹顛。

朝前俯眺，奇景展現眼前。

我的娘！

寬約兩丈的河面上，一大串的排列著四十五艘飛輪戰船，每艘飛輪戰船均裝上可連射六箭的重型弩箭機。看得龍鷹抹一把冷汗，心裡喚娘。

同時怪自己疏忽，早在三門峽之戰，田上淵動用過這水戰利器，自己竟然忘掉了，如果今趟不是誤打誤撞，發現這個飛輪戰船隊，後果不堪想像。

支河對岸開闢一片空地，豎起約五十個營帳，供敵人休息之用。

朝汴河方向瞧去，看不到出河口，原來被橫架了掩蔽河口的偽裝，乍看像樹林的延伸。

飛輪戰船在此，「練元號」也該在不遠處。

龍鷹向席遙送出另一個精神訊息。

第九章　飛輪戰船

龍鷹在離飛輪戰船藏處北面三十里處，截著全速趕至的「屠練小組」。他們倚汴河趕路，雙方會合時，離天明尚有個半時辰。

龍鷹解釋清楚情況後，人人嘖嘖稱奇，想不到錯有錯著，竟找到對方的「撒手鐧」水戰利器。

如此裝備優良、配上六弓弩箭機、在水上靈活如神的飛輪戰船，於汴河般寬不過十五丈、窄可至七、八丈的運河道上，能發揮的戰力，驚人之極。

昔日的少帥團，便曾藉飛輪戰船打垮從揚州開來的龐大艦隊。其隨時進退的特殊功能，天下僅此一船種。

博真興奮的道：「這是老練送我們的大禮，卻之不恭。哈哈！」

管軼夫道：「必須殺至一個不留，否則容一人溜掉，戲法將不靈光。」

席遙轉向符太道：「太少最熟悉汴州一方的情況，立即趕去，著兩組兄弟馬上撤退，務要在天明前渡過汴河，藉林木掩蔽，到這裡來和我們會合。」

符太領命去了。

龍鷹擔心道：「最怕他們已動手。」

席遙微笑道：「有老哥為你主持大局，豈會如此莽撞，他們要見到我們的訊號火箭，方進入攻擊的位置，然後同時發動。」

今仗的總指揮是席遙，龍鷹依令行事。

席遙又向法明道：「請僧王監視敵人，有何風吹草動，以夜梟的叫聲通知我們。」

法明欣然道：「那你們須再推進二十多里才行。」

說畢沒入前方林木深處。

眾人繼續前行，到離目標支河十里處止步。

桑槐問道：「老練會否正躲在其中一個營帳內造其春秋大夢？否則怎見不到他的帥艦。」

席遙從容道：「我們懂得『擒賊先擒王』的道理，敵人同樣曉得。我們必須明白敵人的戰略目標，方能掌握對方的部署和戰術。反過來說，當我們發現敵人在這個位置暗藏四十五艘戰力強橫的飛輪戰船，亦可從而推測練元的戰略目標。」

虎義讚歎道：「有道理！」

容傑求教道：「敢問天師，練元的戰略目標是甚麼？」

席遙目光落在龍鷹身上，道：「殺范輕舟！否則即使將北上敵隊打個七零八落，仍於事無補。」

眾人同聲稱是。

桑槐道：「這批飛輪戰船，正是專用來對付江龍號，因江龍號在哪裡，范輕舟就在哪裡，一天未見江龍號，飛輪戰船不會出動。」

管軼夫苦思道：「練元究竟在哪裡？」

席遙從容道：「這方面容後再談，我們首先須了解的，是這大批飛輪戰船的真正實力，操戰船者，肯定乃北幫最熟水性的精銳好手。」

稍停後，接著道：「這一百五十至二百人裡，至少有一成的人，屬特級高手，在陸上，均有聯手下能殺死范輕舟的實力。在水底下，范輕舟更是必死無疑。」

博真哂道：「想殺我們范爺，多等幾輩子也辦不到。」

席遙微笑道：「老博是輕敵哩！」

容傑道：「為何在水底下，范爺必死無疑？」

席遙淡淡道：「水底下是另一個世界，任你在陸上如何強橫，下水後會受到大自然的限制，故水底有其特殊的戰術，以練元今趟的準備十足，豈會疏忽。」

又道：「攻陷飛輪戰船的陣地後，本人給你一個實實在在的證據。」

龍鷹心忖幸好有這位水戰的「老祖宗」主持大局，否則未必是練元對手。

席遙好整以暇的道：「現在回到練元在哪裡的問題。」

此為各人最關心的問題，人人打醒精神，洗耳恭聆。

席遙沉聲道：「若練元號藏在這個河域區，此刻便該與飛輪戰船在一起。」

虎義道：「他可以操控其中一艘飛輪戰船。」

換言之，他們目標代號的「練元號」，正是飛輪戰船之一。

席遙道：「練元既以大型盜船起家，且玩至出神入化，如非掉入獨孤善明和陶過所佈下的陷阱，對付他又有像向任天般能與之相埒的高手，在大河河域可說全無敵手。飛輪戰船雖能在水戰場發揮可怕戰力，卻不利遠航，一旦讓敵艦負傷突圍，只有『練元號』般性能超卓的大型風帆，方能保證追上逃艦。故練元絕不會捨己之長，把自己限制在一艘飛輪戰船上。」

接著續下去道：「這個區域乃北幫地頭，像前方的秘密基地，不止一個。此批飛輪戰船，當是曉得『聯軍』大舉北上後，轉移到這個位置。」

桑槐道：「可是江龍號沒現身『聯軍』的艦隊裡，會否令練元心生疑惑？」

席遙道：「不如此才奇怪，天下間，最明白向任天者，莫過於練元。知其必改採其他秘密水道，出現時，立即逼近戰區，以奇兵突襲的姿態，摸練元的底子。」

龍鷹歎道：「天師的分析透徹入微，向任天親口對我說，早猜到練元佈陷阱的地方，是在汴州南面水域，他們兩人最了解對方。」

席遙微笑道：「如我沒有猜錯，飛輪戰船的營地裡，有個裝著靈鴿的籠子，一察覺江龍號經過外面的河段，將放出靈鴿，知會上游某處的練元，拉開水戰的序幕。我們殺練元的機會，終告出現。」

管軼夫苦思道：「練元將如何反應？」

博真道：「肯定傾巢而出，順流將江龍號碾個粉碎。」

龍鷹搖頭道：「若沒有揚楚河段之戰，練元或許會這樣做，現在絕不重蹈覆轍，徒令江龍號再一次發揮以寡勝眾的戰術。」

席遙道：「有沒有揚楚河段的教訓，練元仍不會這般愚蠢，因是多此一舉。來的是孤船單舟的江龍號，練元將駕其『練元號』單獨迎戰，只要將江龍號纏死，部署在這裡的四十五艘飛輪戰船從下游一擁而上，如蟻附羶的攻擊江龍號至體無完膚，直至擊沉江龍號。可是，如要殺像范爺般的高手，水下必須有部署。」

法明回來了。

席遙道：「有新發現嗎？」

法明欣然道：「我從支河上游摸過對岸去，再發現兩個規模較小的營地，每營住了約八十人，加上靠岸營地的人數，總兵力該在三百六十人左右。」

席遙道：「如此計算，操縱每艘飛輪戰船的人數，應是八人。」

又問道：「有否其他發現？」

法明道：「我曾在近處察看飛輪戰船的裝備，船底兩邊有儲物箱，該放置弩箭、弓矢一類的東西。」

席遙問道：「另兩營有人站崗放哨？」

法明點頭道：「支河對岸整個營地區，共有三十二個明崗暗哨，以其人數計算，是刁斗森嚴，其中六個，設於靠汴河的西岸。」

又道：「突襲這麼一個營地並不易，要沒一人能走脫，是難上添難，必須有周詳部署，攻則是雷霆萬鈞之勢，癱瘓其反攻能力，一舉破之。」

接著向龍鷹微笑道：「在戰場上，龍鷹當然是全無敵手的明帥。不過！這般心狠手辣的屠殺，肯定非你所長。但我們的天師，卻勝任有餘。」

龍鷹忙道：「一切依僧王之意，由天師他老人家全權指揮。」

席遙當仁不讓，道：「集齊人馬，先好好休息，待養精蓄銳，明天進攻。」

飛輪戰船隊的北幫成員如常作息，茫不知大敵窺伺在旁，虎視眈眈，等候偷襲的最佳時機。

這批北幫戰士，理該是北幫精銳裡的精銳，千挑萬選出來擔此殺范輕舟的任務，從面相看，絕大部分來自塞外，他們間部分還以突厥語、突騎施語等塞外通行的語言交談。以氣度、體魄論，至不濟的亦可躋身中土武林好手的級數。

如席遙所料的，其中約十五人，屬一流高手的級數，展露此精銳北幫軍團的可怕實力。若疏忽了他們，勿說江龍號，整個竹花幫的戰船隊亦大有機會遇上滅頂之禍。

然而精銳歸精銳，比之訓練有素的軍旅，飛輪戰船隊便露出紀律鬆弛、烏合之眾的味兒。夜晚還好一點，起碼放哨的緊守崗位，天明後，哨兵不時離開崗位，回營地找人閒聊幾句，亦沒人管束他們。

不知是否藏處隱秘安全，又從沒想過敵方早深入己方之境，又或長時間等待鬆弛了他們的戒備，部分人還到河裡捕魚為樂，落在龍鷹一方的眼裡，就是一批死到臨頭不自知的可憐蟲。

際此韋宗集團爭天下的關鍵時期，今趟殺范輕舟的行動不容有失，獲挑出來的飛輪戰士，至少該與「練元號」上的戰士處同一級數，如今次成功殲滅「練元號」和飛輪戰船的敵人，縱然北幫在關外的其他戰船夷然無損，卻肯定可大幅削弱北幫的實力，更難阻擋龍鷹的「捲土重來」之計。

彼消我長下，龍鷹一方壓根兒不用和對方硬撼，除逐城逐鎮蠶食北幫的大小地盤，還可利用得來的飛輪戰船，神出鬼沒地偷襲北幫的戰船，令其疲於奔命，失去對局面的控制。

更厲害的，是由「兩大老妖」出手，見北幫的人便殺，那時連宗晉卿和周利用也日夜提心吊膽，休說支援北幫。

天亮後一個時辰，北幫徒眾生火造飯。

剩此一項，已知他們的警戒有多低，半點不怕炊煙暴露行藏。

事實上很難怪責他們，從河裡捕來的魚，難道生吃？

在「正常」情況下，即使林內炊煙裊裊，仍不會惹起從汴河路過的船隻任何警覺，從那個位置，看不見冒出的炊煙。

不過，他們這個生火造飯的行動，令席遙決定了「屠敵」的攻擊時刻。

敵人吃早飯之時，有快船從上游順水而來。

由於他們不敢過於靠近敵區，看不到來人模樣，只知敵船在掩蔽了的支河口泊岸後，敵人合力將快船拖入岸邊密林裡，做足瞞敵的工夫。

此時，龍鷹的魔耳發揮靈效，追蹤到來此的敵人。

兩個顯然是飛輪戰船隊的領袖人物，離開支河南岸營地，到汴河西岸與來人說話。

一開腔，龍鷹聽出來者正是北幫三大戰師之一的郎征。

表面看，北幫拿出來見人的，分別為龍、虎兩堂的堂主樂彥和虛懷志，兩人負責關內。關外的事，交由三大戰師處理。

三大戰師，一為從不露面、人稱之為白牙的練元。其餘兩人是郎征和善早明。郎征一向主管洛陽的北幫業務，今天現身於此，可推知北幫的船隊傾巢而來，集中於汴州的水域。

招呼客氣幾句後，龍鷹弄清楚與郎征對話的兩個飛輪戰船隊領袖，均為副戰帥的身份，一名馬鈞，一名葉大，看來是到中土後改的漢人名字。三人以漢語交談，應為北幫規定的交談方式。

郎征隨口問了幾句飛輪戰船隊的情況，曉得一切如常後，道：「情況異乎尋常，大帥認為很不妥當。」

龍鷹聽得暗吃一驚。

席遙說得對，我在算敵，敵也在算我，未到最後決戰，勝負仍難逆料。

馬妁道：「出現了甚麼情況？」

郎征道：「大帥怕敵人看穿了我們的佈局。」

郎征口中的大帥，該就是練元。

善早明在揚楚河段吃了江龍號的大虧，地位勢大不如前。而練元被陞為大帥，一來是田上淵安撫暴怒如狂的練元，更發覺三大戰帥各自為戰的情況出了大岔子，沒法發揮整體實力，須交由一人統率。

這個人當然非是郎征，而是深諳水戰之道的練元。

論武功、才智，練元均在郎征之上，田上淵的決定方向正確，只是沒算到龍鷹藉吐蕃和親團，進行「擒賊先擒王」的戰術，並在誤打誤撞下，此刻可安安穩穩的，旁聽郎征和兩人的絕密對話。

葉大操著不純正的漢語。問道：「頭子為何認為如此？」

郎征道：「范輕舟和王庭經中途離船，該是另有接應的船，因若走陸路，帶著個身嬌肉貴的俏宮娥，非常不便。他們隨便採大河支流的路線，可避過我們耳目，故此該已南下抵楚州，與一直在楚州按兵不動的竹花幫和黃河幫的聯合船隊會師。」

葉大道：「理該如此！」

郎征續道：「竹花幫和黃河幫的船隊，一夜間走光了。」

馬鈞道：「他們來了！」

郎征道：「竹花幫七十艘鬥艦，分作七隊，每隊十艘，沿淮水西行，兩隊進入泗水，繼續北上，兩天前已抵達孟諸澤，停留下來，如繼續北上，兩天可到達汴州。此為以汴州為目標，蓄勢待發的戰略，故令練元感到被瞧穿佈局。」

郎征道：「另五隊過泗州後，駛上大運河，直撲汴州而來，可是行舟緩慢，晝停夜航，沒半點趕路的模樣。」

馬鈞道：「雖然古怪，但大致如頭子所料的，有何問題？」

葉大道：「任他們有何陰謀詭計，如此勞師遠征，一旦被切斷後續補給，我們打的又是消耗戰，他們絕捱不了多少時候。」

馬許認同道：「在我們的勢力範圍內，官府又站在我們的一方，他們是孤立無援。」

龍鷹心裡同意，練元採取的戰法，可說是萬無一失的策略，壓根兒不予竹花幫一戰定勝負的機會，令竹花幫變得完全暴露在北幫狂攻猛襲下，既在明處，更失去主動。

郎征道：「黃河幫的船隊失去蹤影，連大帥亦想不通。」

龍鷹心忖當然想不通，因高奇湛等人已到了大海去。亦佩服北幫探子的本事，對敵人的掌握，鉅細無遺。

郎征歎道：「還有更令大帥頭痛的問題。」

龍鷹豎起耳朵接受波動。

第十章　水陸兩路

郎征接著道：「范輕舟的帥艦江龍號，與黃河幫的七艘新戰船，同時消失無蹤。」

一直似不以為意的馬鈞和葉大，齊表震驚。

龍鷹曉得席遙猜對了，練元壓根兒不把竹花幫和黃河幫的戰船隊放在眼裡，所關心的，是范輕舟的小命。范輕舟乃唯一能令田上淵和練元忌憚的人，幹掉他，南方大江的水道霸權將落入北幫之手。

馬鈞和葉大的飛輪戰船隊，目標正是江龍號。

葉大道：「江龍號和黃河幫的船，會否反其道而行，東航出海？」

龍鷹心忖你猜對一半。

郎征道：「機會微乎其微。太費時失事了，如何和竹花幫的船隊配合？江龍號的老大向任天，是大帥的老朋友，畢生在水道打滾，對天下河湖的認識，不作第二人想，在短時間內避過我們耳目，他辦得到。」

馬鈞沉聲道：「頭子有何指示？」

郎征道：「大帥認為萬變不離其宗，范輕舟想突破封鎖，進入汴州錯綜複雜的河湖區，始終離不開汴河，只看從何處支流切入。」

稍頓續道：「說到底，汴河是大運河在淮水之北的主航道，其寬度足令像江龍號般的巨艦發揮所長，其他航道除大河外，均有龍游淺水之憾。因此，你們現在扼守的位置，等若江龍號的咽喉，任向任天如何變戲法，最終仍是落入你們的掌握裡。」

兩人齊聲應道：「明白！」

郎征道：「再提醒你們一句，萬勿輕敵。今趟不容有失，如讓江龍號突破汴州的封鎖，將可利用四通八達的水道、湖泊任意縱橫，我們勢淪為被動，有被逐一擊破之虞。揚楚河段的慘敗，乃前車之鑑，我們再經不起另一次人員和船艦的損失。」

馬鈞道：「我們會依計而行。」

郎征道：「瞥見江龍號經過的一刻，須立即放出靈鴿。為省時間，大帥著我交給你們三條顏色不同的絲帶。」

葉大興致盎然的問道：「如何使用？」

郎征不厭其詳的解釋道：「此絲帶用來綁在靈鴿腳上，紅色代表得江龍號一艘船；黃色是除江龍號外還有黃河幫的船，多少沒關係；綠色表示雖有敵船路經，江龍號卻不在其內。勿弄錯。」

兩人連忙保證不會弄錯。

郎征又著兩人重複一次，這才離開。

龍鷹返回離敵營北十里的己方陣地和席遙等說話，報上偷聽回來的機密。

前線交由法明監視。

光天化日下窺伺敵人，對方又高手眾多，莫不是經驗豐富的戰士，名副其實縱橫塞內外，只有像法明般宗師級的高手，方勝任此職。

此時太陽往中天攀上去，林內陽光充沛，一道道陽光透樹顛枝葉的隙縫灑下來，鳥群在枝椏間飛翔嬉鬧，於此戰爭一觸即發的時刻，份外有種並不真實的感覺。

席遙道：「繫絲帶是河盜慣用的手法，沒想過練元將此繼承下來，即使靈鴿給射下來，敵人仍難得到絲毫訊息。」

符太道：「練元為配合飛輪戰船隊，離此不該太遠。」

席遙淡淡道：「絕不超過三十里。」

然後沉吟道：「若不能於一開始時，殺死馬釣和葉大兩人，今趟行動，有可能功虧一簣。」

博真不解道：「為何如此？遲點殺會出甚麼問題？」

席遙道：「此為本人推測『練元號』在三十里內的原因，只要有崗哨設在船桅高處，可遙遙遠眺這邊的情況。」

虎義道：「這麼遠，不可能看到東西。」

席遙道：「煙花火箭又如何？」

虎義登時語塞。

席遙道：「靈鴿乃一般情況下敵人間的正常通訊，但為了配合無間，不可能只得這麼一著。遇上緊急情況，又或須特別的調動配合，煙花火箭是最佳選擇，直截了當。」

眾人明白過來。

如有煙花火箭，理該由兩人攜帶，也由他們決定何時使用。忽然遇襲，他們做的第一件事，當然是通知不遠處的練元，請其立即來援。如讓這樣的一枝煙花火箭在林頂高處爆開，肯定避不過「練元號」哨崗的眼睛，若順風，說不定可聽到爆響的聲音。

符太向龍鷹道：「有可能在遠距離射殺此兩人嗎？」

龍鷹歎道：「此兩人是真正的高手，接近郎征的級數，射殺一人已沒十足把握，接連兩人壓根兒不可能。」

席遙道：「在這麼樣的環境裡，剩箭矢離弦的異響，會將大批雀鳥駭得振翼高飛，等於明著告訴敵人，我們來了。」

眾人同時想到，要逼近對方營地，同樣會驚起林內雀鳥。

席遙微笑道：「論偷襲暗殺，我是他們祖宗的祖宗，這麼的小難題，怎會解決不了。」

君懷樸欣然道：「今趟幸好有天師為我們主持大局。」

席遙道：「沒有我，你們總有人動腦筋的。」

龍鷹不同意道：「囿於經驗、能耐，很多事不是動腦筋可解決得來。像眼前的局面，完全是我們經驗之外的事，出錯就是失敗，沒再得良機的可能性。」

席遙道：「時間無多，我擬定了整個作戰計劃，務要將出岔子的可能性減至最低。而我們最大的優勢，乃對方賊即是賊，缺乏森嚴的紀律，又自以為是，這也很難怪責他們，因連奸狡的練元，亦沒想過有我們這批人深入敵境，在旁默默虎視，何況這些聽令行事的小賊。適才郎征帶來的新消息，鞏固了他們安全的大錯覺，以為只須全神監察汴河，等於盡了責任。在這樣的情況下，一旦完成對他們的包圍網，再採擒賊先擒王的戰術，包保可完成任務。」

龍鷹喜道：「請天師下命令！」

席遙道：「我們分水陸兩路進攻。」

博真抓頭道：「水路！」

符太笑道：「成敗的關鍵，繫乎水路，大個子因怕水，故沒想過水路。」

博真沒好氣道：「我怕水？在水底，我比你太少靈活百倍。」

眾皆莞爾。

席遙道：「太少說得對，水路的得失，決定了今戰的成敗。」

長長吁出一口氣，以帶著感觸的語調道：「真沒想過重操故業，感覺挺古怪。」

接著雙目異芒爍閃，鏗鏘有力的道：「水路的一組，人數不用多，但必須深諳水性，能長時期潛伏水底，不用到水面換氣，此更為避過令雀鳥驚飛的唯一路線。」

龍鷹立即點將，道：「自問有資格者，舉掌示意，大家兄弟，不用有顧忌。」

符太、博真、虎義、管軼夫、桑槐，加上龍鷹自己，六掌豎起。

容傑一呆道：「人數是否少了點？不過我自認不行，沒這個本事。」

席遙舉起左、右兩掌，滿臉歡容的道：「一隻手掌是我自己，另一掌代表僧王。不說其他人，只說我們的鷹爺，一人可抵對方百人之眾，人數怎可算少。」

容傑陪笑道：「對！對！」

權石左田道：「如改在夜間突襲，於我們會否更有利？」

席遙道：「表面看，似為如此。可是，經仔細觀察後，對方於黑夜的警覺性，遠比白天為高。且林內宿鳥處處，地上又鋪滿落葉枯枝，想神不知、鬼不覺逼近對方營地，萬籟俱寂下，是不可能的任務。」

稍頓續下去道：「今趟不單是要打贏一場仗，而是不讓任何活口逃離現場，不動如高山峻岳，動則如迅雷激電，水、陸兩方配合無間。欲營造此一形勢，須趁敵人活動頻繁、人多聲雜的時候，過早或太遲，均為敗著。」

接著仰觀太陽的位置，道：「由此到敵人生火造晚飯，約三個時辰，有足夠時間讓我們潛往指定的進攻位置。」

龍鷹生出不忍之意。

「天師」席遙挑選的進攻時刻，正是敵人進晚膳的當兒，感覺像對日常生活一種冷酷無情的踐踏和破壞。只恨戰爭從來如此，為求成功，不擇手段。

席遙向符太道：「煩太少到前線找僧王回來。」

符太領命去了。

「寒潮帶雨晚來急」。

眾人莫不生出戰爭臨近的壓迫感，即使他們無一非久歷戰陣的堅強戰士。

席遙道：「眾兄弟一百七十六人，由懷樸指揮，依現時的位置，往西快速行軍五里，然後朝南走，於支流上游渡河，再往東南走，直抵敵營南面十里許的安全距離。當第一道炊煙升離林頂，便緩緩往敵陣推進。」

又問道：「你們裡面有能模仿獸叫的能手嗎？」

權石左田道：「我和容傑都懂這個玩意兒。」

席遙道：「最好哩！如惹得群鳥驚飛，便發出猿叫獸吼之聲，可釋敵人之疑。有了定見，再有鳥群驚飛，亦不放在心上。」

君懷樸問道：「何時出擊？」

席遙雙目射出奇異的電芒，吁出一口氣，道：「所以說，我是重操故業。發動時，我將施展一種失傳數百年的異術，有山崩地陷之威、能搖魂蕩魄的『亡神嘯』，猝不及防下，心志弱者，耳鼓將貫滿椎心裂肺般的可怕異響，即使一流高手，多少受點影響，給癱瘓了迅速反應的能力。」

包括龍鷹在內，人人聽得瞠目結舌。

世間竟有此以呼嘯擾人心神的異術，而不論對方有多少人，除非是聾的，否則沒人可倖免。

博真道：「我們的機會來了。」

容傑囁嚅道：「天師深不可測，不過天師既懂此術，顯然尚未失傳。」

席遙沒答他，轉向君懷樸道：「屆時你和一眾兄弟，以半月鉗形的陣勢，部署於敵營的南面，三十人一隊，十人一組的輪流持弩強攻，不容敵人有喘息的機會。」

龍鷹生出不忍目睹之心，如席遙形容的，是一場大屠殺，不過自己知自己事，當身處戰場，魔種將出而主事，比任何人更冷狠無情。

練元今趟肯定中計，因任他千猜萬想，仍沒想過這麼強大的飛輪戰船隊，三百多人可於轉瞬間，又不吭一聲的被宰個一乾二淨。

而己方若沒有席遙，能否辦到，實為未知之數。

席遙提醒道：「兩端的兩組最關鍵，須行動迅速，封死上游和河口，以防敵人跳水逃生。」

博真道：「河口方面由我們的水底部隊負起部分責任，可萬無一失。」

席遙點頭同意，問君懷樸道：「尚有其他問題嗎？」

君懷樸搖頭。

席遙低喝道：「動身！」

一聲令下，正枕戈以待的兄弟士氣昂揚，隨君懷樸、容傑、權石左田朝西走，迅速沒入林木深處。

席遙瞧著他們遠去的背影，感歎道：「他們的鬥志，比得上當年的邊荒勁旅，組織配合上尤有過之，武器的精良，則遠在荒人之上，若當年我有這麼一支部隊，天下該是我天師道的。」

除龍鷹外，人人聽得一頭霧水，面面相覷。

博真忍不住問道：「甚麼是邊荒勁旅？我從來未聽過。」

席遙輕描淡寫的道：「老博未聽過是應該的，因我說的是幾百年前發生的事。」

博真失聲道：「我的娘！」

符太和法明回來了，中斷了他們的對話。

法明道：「郎征離開後，敵人警醒了一陣子，派出小隊搜索遠近，最遠到過離營地五、六里的地方，但很快故態復萌，回復懶散。不過，河口一帶的防衛確加強了。」

席遙向龍鷹道：「鷹爺沒察覺對方有人朝這邊走過來嗎？」

龍鷹老實答道：「確沒注意到。」

法明微笑道：「這是個身在局內的特殊情況，搜查隊過處，雖令鳥兒驚飛，可是由於鳥兒慣了這陣子有人在林內活動，故沒有驚惶的反應，且因敵我均身處林木內，看不見遠處鳥兒離林亂舞的情況。如觀者在遠處高地上，方能察覺異樣。」

席遙吁出一口氣道：「如此可斷言，須逼至里許近處，敵人始能生出警覺，但已太遲了。」

又道：「我們先到汴河西濱，等待下水的時機。」

離日落尚有個半時辰，水底部隊潛進水裡去。

他們入水的位置，離河口有二里之遙，距最接近的哨崗，約里半遠。

行動之前，他們對敵人的崗哨，瞭若指掌。

敵人的注意力全集中往河口外汴河下游處，造夢沒想過龍鷹等會從上游來，且是從水底潛過來。

打頭陣的是龍鷹。

下水後，方知汴河既深且闊，無負大運河的聲名。

龍鷹貼岸潛游，岸壁本身便足以避開岸上敵哨的耳目，乃其視野難及之處。

大串人在後隨之，緊跟身後的是席遙，接著是符太、虎義、管軼夫、博真、桑槐，由法明壓尾。

到離河口三十多丈處，龍鷹領眾人冒出水面，這段河岸雜樹叢生，不虞被人看見。

眾人做進攻前最後一次換氣。

桑槐問道：「開始造飯了嗎？」

法明道：「這個位置看不到。」

龍鷹深吸一口氣，閉目夢囈般的道：「小弟嗅到飯香。」

博真差些兒笑出來，連忙忍住，忍得不知多麼辛苦。

席遙欣慰的道：「那表示一切如常，敵人沒有發現我們的陸上部隊。」

接著道：「老博、老虎、老管、老桑四人留在河口兩旁，聽到動手的訊號，立即下手清除岸濱的所有哨崗，絕不可容任何人遁走，然後封鎖敵人逃往汴河的去路。」

四人低聲應命。

席遙向龍鷹道：「是時候哩！」

第十一章　岸林之戰

龍鷹、符太、法明、席遙從水底潛至敵營所在河段，貼著岸邊，冒往水面之際，忽然上方現出陰影，原來有敵人來到岸緣蹲下來，不知要取水還是洗手。

一時間，那人瞪大雙目，顯然察覺水內異象，只是腦筋來不及轉動，尚未明白看到的是水下有敵。

符太第一個反應，也因他的位置最接近，右手探出水面，虛抓一記，那人應爪一個倒栽葱，掉進水裡來，符太另一手在他胸口戳一下，登時了帳。

仍抓屍不放，符太朝龍鷹瞧來。

四人同時冒出水面。

人聲、風聲、樹搖葉動的沙沙作響，加上飯香和燒烤的氣味，貫耳鑽鼻。

龍鷹往上升起三尺，透過長在岸邊的草叢窺敵，好半晌後才落下來，約束聲音道：「沒人注意。」

法明問道：「見到兩人嗎？」

龍鷹道：「兩人在西南方，離岸約五十步處站著交談，葉大披灰袍，馬鈎穿深黃色的皮革背心，掛佩刀。葉大袍內該藏武器，卻看不到。」

席遙道：「準備！」

事不宜遲，若兩人移離位置，不利偷襲。尋兩人當然不是問題，問題在不容兩人有發射示警煙花火箭的時間。

法明代三人點頭。

席遙迅速移離三人，移動時，雙唇顫震，起始時似有如無，瞬間已變成充天塞地的啾啾鬼聲，迅又轉為震撼心神的嘯叫，隨他徐徐從水裡升上岸緣，更化為磨損耳鼓的尖銳嘶喊，以龍鷹、法明和符太之能，又運功封著耳朵，仍感有點受不了。

就在席遙現身岸邊前的剎那，三人動作一致的攀上陸岸。

入目的情景，詭異至極。

敵方大部分二百多人，正聚在南岸的主營地吃晚飯，夕陽斜照下，本該是充滿生活氣息、舒閒安樂的時刻，卻如墜進修羅地獄。

眼所見者，無人不受影響。

只在於受影響的程度。

定力過人者，亦因之呆若木雞，瞪大雙目，現出茫然之色。稍次者，現出不自然的神態，如忽然陷身噩夢。更甚者，以雙手捂著耳朵，面容扭曲，忍受著貫耳而來、蕩魂椎心的痛苦。

手持的碗碗碟碟、各式食具，連食物脫手掉往草地上，本該發出碰撞地面的各式聲響，可是在席遙能驚天泣地的「亡神嘯」下，所有聲音全被吞噬蓋過。

眼前就像上演一場由席遙導引的無聲活劇，使人生出本能般的恐懼和驚悚。

龍鷹從深一重的境界，以「萬物波動」體會「亡神嘯」的威力。

以聲音的波動而言，席遙的「亡神嘯」隨聲波的減短和加速，產生螺旋前進的功效，從初時的微僅可聞，教人不由用心細聽，忽然扶搖直上，變成充塞天地的尖銳嘯叫，整個過程不到六下吐息的工夫，沒人弄得清楚發生何事時，嘯叫已高亢入雲，以最密集、狂猛和迅疾的波動，襲擊敵方每一個人，廣被三個營區，人人猝不及防，措手不及。

若純為聲音，殺傷力畢竟有限。
只是席遙的「亡神嘯」，乃糅合「黃天大法」、「搜魂術」的奇異功法，聲音貫注「至陽無極」的真勁，震盪的不僅其耳鼓，還撼動對方的心神。
龍鷹曾向李顯施的「天竺神咒」，與「亡神嘯」有異曲同工之妙，只是效果處於不同的極端。
龍鷹亦因而曉得席遙須為「亡神嘯」付出代價，以功力損耗而言，「天竺神咒」比之實「小巫見大巫」，河流和汪洋之別。事後沒一段時間，休想回復過來。
席遙仍在升上陸岸的當兒，龍鷹就趁敵方莫不心神受制的良機，首先發難。
彈射！
龍鷹雙腿一縮一伸，離地斜飛，撲擊離他約五丈遠的馬鈞和葉大。
「亡神嘯」於似不可能的情況下，再添強烈度。
龍鷹在他們頭頂上飛越，他們仍處於夢魘深處，有心無力，不懂反應。
「亡神嘯」抵至強弩之末，難以為繼，但已營造出在正常情況下，不可能營造出來的攻擊良機。

馬鈞和葉大仍站在一塊兒，明顯地受影響較其他人小，卻也陷於心神失守，沒法如平時般對突變做出應有的敏捷反應。

到龍鷹沖空而來，兩人同時現出掙扎的表情，葉大首先眼神聚焦，似此時方瞧得見有敵來襲。

馬鈞稍遲片刻，露出駭然之色。葉大低叱一聲，往後退開，同時探手入外袍裡去。

馬鈞則手執刀把，反踏前一步，明顯是為葉大擋駕，好讓他取出煙花火箭，點燃後擲上高空，召人來援。

兩人無負練元委以重任，各方面均是一等一高手的反應，老到正確。

龍鷹過得馬鈞一關時，可能煙花火箭早升上高空。

位處葉、馬兩人附近的十多個敵人，莫不現出掙扎著從「亡神嘯」醒過來的情狀，一時尚未能威脅龍鷹具決定性的大任。

就在此眼看功虧一簣之時，符太凌空趕來，他比龍鷹發動的時間雖只差一線，卻欠缺彈射的爆發力，落後整個身位，幸好身處同一高度，看到龍鷹所瞧見的，掌握當前的危機。

兩人默契之佳，當代不作第二人想，包括聯手合擊，至乎功力互換。

追在龍鷹後方的符太，雙掌疾推，拍在龍鷹靴底處。

龍鷹心呼謝天謝地，倏地借力上移一尺，險險避過馬魡高舉頭頂，迎著他撲勢卯盡全力劈來的一刀。

剛越過馬魡，龍鷹憑「橫念」刺出一縷指風，用的是「至陰無極」的道勁，目標是葉大手拿著的火熠子。

此時葉大已退至離馬魡十多步遠處，一手執著掏出來的煙花火箭，另一手剛取出火熠子，尚未有時間擦著。

火熠子燃亮。

眼看給他燃著煙花火箭之際，龍鷹指風殺至，火熠子倏地熄滅，還脫離葉大之手甩飛，掉往兩丈多外。

此為龍鷹高明處，如攻擊的是葉大拿火熠子的手腕，像葉大般級數的高手，會本能地做出高手應有的反應，憑閃動避開，可是他因分神往點燃煙花火箭，又以為馬鈞至少可為他爭取得送煙花火箭上高空的時間，遂被龍鷹至陰至柔的指勁，算得栽了個大跟頭。

龍鷹淩空一個翻騰，來到葉大前方。

後面勁氣交擊，符太纏上馬鈞，甫交鋒立即全力施展「血手」，殺得馬鈞如被舞弄拋擲的玩偶，全無還手之力。

不是馬鈞不行，而是任何高手驟然遇上以血氣為主、迅猛剛烈的「血手」的情況皆會如此，陶過就是這樣橫死街頭。

「亡神嘯」驀然收止，就像來時般突然。

席遙朝後飛退，橫過河流，落往北岸，爭取回氣的時間。

法明與龍鷹、符太同一時間發動。

龍鷹和符太跨空而去，他卻是腳踏實地一步步走，取的同為葉大、馬鈞所處方位，成為龍鷹和符太的大後援，確保敵人沒法形成圍攻龍鷹和符太之勢。

眾敵受法明的逼近影響，心神全往法明投去，忽略了淩空掠過的龍鷹和符太，功力較高者，從失神亡魂裡驚醒過來，拔出隨身兵器，奮起攔截。

部分人仍在醒與未醒之間，明知危險臨頭，卻無法做出應有反應。這批人最倒楣，勉強站起來，然站立未穩，已給經過的法明一招奪命。坐著的更不濟事，給法明左右踢腳，骨折肉裂的往四外拋飛，撞在其他人身上，製造出更大的混亂。

起而迎戰者，遇上的是攀登「至陽無極」的「不碎金剛」。

法明以鬼魅般的高速閃移，沒半刻停留在先前的位置，追在龍鷹、符太後方，過處敵眾東歪西倒。

法明從來非是善男信女，狠辣無情，視人命為草芥，自得悉天地之秘後，方收起火氣，不隨便殺戮。然際此水深火熱、不留俘虜的殘酷戰場，以前的法明又回來了。

「亡神嘯」煞止的一刻，眾敵方驚覺變生肘腋，祭出兵器，奮起作戰。

太遲了。

河口一方慘叫接連響起。

虎義、管軼夫、博真、桑槐聞「亡神嘯」發動，以迅雷不及掩耳的速度，清剿了佈在汴河西岸的六個暗哨。

此時對敵陣形成鉗形包圍之勢的一百七十六個勁旅兄弟，亦聞嘯全速朝敵陣推進，弩箭一排一排的朝敵勁射，既不予敵交鋒的機會，也不容對方有喘息的空間，完全絕對封死對方往南的逃路。

當兩端的兄弟分別推進至河口和營地上游的位置，局面已成定局。

「砰！」

龍鷹任葉大一拳轟在右肩處，純憑卸勁消去對方深厚狂猛的真氣，雖化去葉大逾半的勁道，又以魔氣抵銷了其入侵肺腑傷損之氣，仍瘆痛至半邊身麻痺起來。

硬捱一記後，龍鷹撞入他懷裡，膝撞。

此為戰場上的戰法，於毫無機會裡製造出機會，特別對方是主帥級的重要人物，擒賊先擒王下，能令對方掉命，多大的犧牲仍是值得的。

如葉大般級數的高手，一旦讓他的手下擁上來，說走便走，在這個廣被數百里的密林內，再追上他談何容易。

葉大的面容在眼前擴大，雙目射出驚駭欲絕的神色，沒法明白龍鷹為何不應拳倒跌。

勁氣爆響。

葉大護體真氣被撞個粉碎。

高手畢竟是高手，在這樣的情況下，仍能掌握到龍鷹曲膝撞來的位置，真氣貫滿丹田，好捱過龍鷹的膝撞，還準備好借撞力往後飄退，以避死劫。

葉大的救命招數，本乃如意算盤，偏沒法打得響，因遇上的非是尋常先天真氣，而是「至陽無極」的魔氣。氣勁交擊時，不單沒絲毫反撞之力，還生出吸啜的勁道，就像被龍鷹的膝蓋啜個結實，逼他不得不聚全身功力硬捱之。

葉大更造夢未想過，龍鷹此撞暗含「至陰無極」的小股道功，同時送入他小腹下，等若在他體內上演微型的「小三合」。

若有選擇，龍鷹不會用上他壓箱底的「仙門訣」，因損耗真元極鉅。

原因在近身肉搏數招後，龍鷹發現葉大功力之高，實不在上趟揚楚河段那用雙斧的高手之下，沒點雷霆手段，休想將他立斃當場。

「小三合」在葉大丹田氣海爆開，徹底破掉他護體真氣。

第二下膝撞接踵而至，用的不到平常魔氣的一成，但已綽有餘裕。

葉大筋骨盡碎的拋跌往逾丈過外，仰躺地面，如一堆爛泥，又顫抖一下，這才斷氣。

龍鷹一陣衰弱，凝立不動。

馬鈞直挺挺的掉在他旁，比葉大稍遲一步進入鬼門關。

「蓬！」

符太來到他旁，歎道：「痛快！痛快！這般的難殺。」

法明終抵他們身後，一個人接著從後方來的攻擊。

三人位處敵人聚集處北面的邊緣區，後方的形勢出現根本性的變化。

北岸已被從河口和上游來的兄弟盤據，以弩箭射殺任何想借水遁的敵人。

勁旅兄弟的主力從南面漫林殺過來，將散佈各方的敵人逼得往主營區退來。步步進逼下，包圍網完成，敵人徹底崩潰，四散竄逃，只恨無路可走。

激戰變為屠殺。

龍鷹坐在岸旁一塊大石處，接過桑槐捲完遞過來的捲煙。

桑槐為他燃點。

龍鷹深吸兩口後，生出熟悉的感覺，過去了的某段日子，似在深心裡復活甦醒。

捲煙送返桑槐處。

桑槐閉目，深吸一口，口裡咕噥作聲，該是說他的本族方言，非常享受。

龍鷹笑道：「是否忍了很久？」

桑槐道：「此為樂趣所在，可令人格外感到勝利的滿足感。」

在兩人背後，眾兄弟全體動員，處理狼藉戰場的善後工作。

他們會在較南的兩處營地，挖幾個大坑，埋葬敵屍。

兵荒馬亂下，燒著了十多處火頭，均被迅速撲熄。

桑槐又道：「滿足感的形容，不大貼切，該是激戰後的慵懶和平靜，腦袋一片空白，沒法想任何事。」

龍鷹點頭道：「說得好！」

博真、容傑、君懷樸、虎義等人，正在檢視戰利品飛輪戰船上的裝備和武器，每當有新發現，齊聲起鬨。

席遙捧著內有靈鴿的鳥籠，來到龍鷹另一邊的石頭坐下，將鳥籠放在一旁。道：「在一株樹上發現牠。」

龍鷹掏出絲帶，交給席遙。

「天師！」

三人往立在戰船上大嚷的博真瞧去，見他把一長達六尺的條形物體高舉過頭。

容傑在博真身旁立起來，道：「這是否天師所說的水底殺器？」

法明此時來到龍鷹身後，審視博真舉起的東西，道：「這是魚槍，漁民專用來在水裡打大魚。不過，比起博真舉著的，簡陋多了，用的是削尖的竹竿。」

桑槐道：「重嗎？」

博真垂下魚槍，橫舉胸前，答道：「說輕不輕，說重不重，發射幹用木料製造，本身有浮力，加上彈簧機栝，在水裡的威力，肯定遠超弩箭機。」

容傑補充道：「發射的是精鋼製造、長五尺的鋒利水刺，想想這麼一枝長水刺，在水裡勁射過來，教人心寒。」

法明道：「這個長度，在瞄準上，遠勝弩箭。」

席遙微笑道：「我們就以這批特製魚槍，殺練元於水底之下。他就是我們的大魚。」

夜色降臨。

第十二章　多算者勝

龍鷹問道：「有個譜兒了嗎？」

向任天雙目閃閃生輝，凝望龍鷹好一陣子，滿足的歎道：「老天爺開眼！」

這句話，道盡向任天的感觸、仇恨和對即將到來的戰事的憧憬。

「小鬍」公孫逸長、「亡命」胡安、「浪子」度正寒和「三浪」凌丹四大竹花幫新一代出類拔萃的年輕高手，聚攏在兩人身旁，好掌握敵況。

本茫不可測的未來，在龍鷹的鋪陳描述下，勝利的康莊坦途，倏地出現前方。

本要親上江龍號的幫主桂有為，被向任天成功勸退。向任天向桂有為表明，他將大有顧忌，難保持一貫視死如歸的氣概。且因約好是孤舟單船的北上，江龍號再非竹花幫船隊的帥艦，而是負起深入敵境任務的戰船，如因桂有為的安危縛手縛腳，豈能放手大幹。

桂有為是明白人，不再堅持。

在向任天心裡，此行九死一生，是要在絕境裡殺出一條生路，怎想到龍鷹依約定駕臨，還帶來令船上眾兄弟人人喜出望外的好消息。連最不明白的，亦曉得龍鷹一方成功扭轉了整個形勢。

現時江龍號的部署，就是當日在揚楚河段迎戰敵艦的部署。

消耗掉的神火箭，給補充了。由向任天設計，江南出色的火器大家炮製出來的「霹靂火球」，仍儲存在密封的艙內，候命待用。

論人手，仍為當日的原班人馬，就是向任天本身的班底，加上向任天親挑的公孫逸長等二十個年輕高手。

掌舵的是小戈，在船技上，他盡得向任天真傳。此刻立在船舵前，默默聆聽龍鷹等在船首商量大計，雙目不時亮起異芒。他該和練元有傾盡三江五河之水，仍洗不掉的深仇。

事實上，竹花幫的二十個年輕高手，均有至親命喪北幫之手，此也為向任天選他們的原因之一。

向任天問龍鷹道：「我們該於何時經過河口？」

江龍號過河口的一刻，就是向練元放靈鴿之時，最為關鍵。

龍鷹答道：「於天亮前的一刻。」

向任天仰觀夜空，然後下達半個時辰後起航的命令。

龍鷹道：「說到水戰，向大哥乃大行家，天下無人能及，如何獵殺練元，倚靠你出主意了。」

向任天問道：「天亮前過河口，是誰的主意？」

龍鷹答道：「由天師決定。」

向任天道：「他才是水戰的高手，看似簡單的一著，為我營造了殺練元的最佳形勢。練元是入了彀，光天化日下，練元逃走無路。問題在我們能令他敗得有多快、多慘。」

龍鷹道：「最怕不僅是『練元號』來，而是整個船隊。」

向任天胸有成竹的道：「若然如此，那個人就不是練元。」

甲板上活動頻繁，為起航做好準備，有人躍往岸邊，解開將江龍號繫在樹幹處的牛筋索。

江龍號藏處，是個小湖泊，有隱秘河道與一道通往汴河的河流相連，除非刻意搜尋，一般巡邏，肯定錯過，確別有洞天。龍鷹並不明白，向任天怎可能曉得只有當地漁民方清楚的地方。

向任天聞掀開甲板的聲音，朝後方瞥一眼，見手下正準備將下藏暗艙內的投石機升上甲板來。喝道：「兩臺投石機、一門弩箭機，全留在下面。」

包括龍鷹在內，眾皆愕然。

現在不是去和練元決一生死嗎？為何不將江龍號武裝起來？若見到「練元號」才動手，肯定來不及。

向任天道：「也不用神火箭或霹靂火球。」

記起某事般，道：「小戈為鷹爺製造了過百副霹靂火球的投擲裝置，且綑綁在火球上，方便鷹爺使用。」

龍鷹這才記起自己有過這種構想，後來忙著做其他更迫切的事，忘個一乾二淨，剛才亦沒記起。

欣然向小戈道：「小戈有心哩！」

小戈道：「能為鷹爺辦事，是小戈的榮幸。」

胡安道：「小戈的手工相當不錯。」

公孫逸長忍不住問向任天道：「用不著投石機和弩箭機嗎？」

向任天沉著的道：「我們非是去打一場仗，而是硬仗連場，故有不同戰略和手段。對練元的一仗，我們佔盡優勢，並要利用此戰的勝利果實，達至另一場大勝仗。」

人人聽得一頭霧水，只有小戈雙目閃亮，似掌握向任天腦袋內的玄機。

向任天轉向龍鷹，接續先前未竟的話題，道：「過河口後的水域，直至汴州，乃汴河最寬闊的水段，此亦為我挑此做切入點的原因。」

龍鷹明白過來，難怪席遙持相同看法，自己終為外行人。

向任天續道：「水戰一個決定性的因素，乃順流、逆流之別，順必勝逆。當年李靖奉太宗皇帝之命征伐大梁，遂於巴蜀結集船隊，順流大破蕭銑的水師，滅梁，此為著名的例子。」

龍鷹點頭道：「明白！可是，今次我們沒佔到順流的優勢。」

向任天道：「鷹爺忘了揚楚河段之戰，順可變逆，逆可變順。如我們過河口後逆流北上，見敵艦數以十計的順流攻來，硬迎上去等於送死，智者不為。」

龍鷹歎道：「今趟才真的明白。如我們見勢不妙，來個急拐彎掉頭走，便是重演揚楚河段的情況。」

公孫逸長道：「還可順道將從後趕來的飛輪戰船，撞個粉身碎骨，因佔順流之利也。」

向任天總結道：「故此，練元因有飛輪戰船的妙著，只會以練元號對我們的江龍號，誘我們決一死戰。」

環視眾人一遍，喝道：「起航！」

江龍號在河口停下來。

席遙登上江龍號，與向任天商討雙方的配合和協調。

離天明尚有小半個時辰，沒乖離席遙指定過河口的天明前一刻，是向任天預留給兩方磨合戰術的時間。

趁席遙和向任天密斟的一刻，龍鷹躍到岸上，找著桑槐吸兩口煙，好紓緩繃緊的腦袋。

戰場就是這樣子，「好花堪折直須折」，有得睡眠休息時，絕不錯過，因不知何時再有這個機會。

來此途上，龍鷹在甲板上靠著擋箭牆睡了一陣子，精神、體力回復過來，可是面對能否殺練元的龐大壓力，不到他不患得患失，在這個時候，抽兩口煙，有提神醒腦的妙效。

河口的封閉偽裝被移走，現出大串的飛輪戰船，一列二十艘，至於其餘的二十五艘，在視野之外。

龍鷹訝道：「其他的收起來了嗎？」

博真和符太來到他右旁，前者道：「我們不夠人手操作，更何況天師他老人家認為，這批戰船在首仗負上的只是運兵的任務，用不著這麼多艘。」

龍鷹道：「每艘戰船負重不同，為何這樣子的？」

另一邊的桑槐接回捲煙，好整以暇的道：「最重的兩艘飛輪戰船，載了全部的一百二十枝魚槍，每船六十枝，被命名為『打魚一號』和『打魚二號』，專用來招呼最大的那尾魚。哈哈！」

博真又道：「除弩箭外，其他火油、箭矢、長弓全被移到三艘飛輪戰船去，成為貨運船，以保持其他戰船輕便靈活，故此輕重不一。」

符太道：「負起攻敵之責的，除打大魚的一號、二號外，就是剩下來的十五艘戰船，足夠有餘。」

龍鷹歎道：「天師的戰術，與向大哥不謀而合，確『英雄所見略同』。」

法明左手托著裝靈鴿的鴿籠，來到眾人身前。

其他一眾兄弟聚集在支流南岸休息，隨身的弩箭機、拿手武器放置一旁，隨時可登上飛輪戰船。

在黎明前的暗黑裡，自有一股難以形容的張力，殺氣騰騰。

法明用神審視江龍號，讚道：「以戰船論，江龍號確為了不起的傑作，我從未見過線條比它優美合度，或比它更堅固的船。」

又道：「練元也是了得，想出破江龍號之法，就是以小對大，以靈活的飛輪戰船，如蟻附羶的攻陷江龍號，採的是登船埋身搏鬥的戰術，如若成功，江龍號將落入練元手上，那時不用擊垮竹花幫或黃河幫的船隊，已可令敵人心膽俱喪。」

符太笑道：「小練差些兒成功，精采的是北幫在關外最精銳的高手，全集中到飛輪戰船隊和練元號上，予我們聚而殲之的千載良機。」

博真欣然道：「現在起碼給我們宰掉一半。」

異響傳來。

眾人循聲望去，兩張桅帆徐徐下降。船腹位置兩邊各探出八槳。

本已凝重的氣氛，拉個繃緊。

法明道：「老席來哩！」

話未畢，席遙降在法明身旁。

博真道：「如何？」

席遙先開腔讚向任天，道：「不愧南方水道第一人，對各方面的掌握均達到無有遺漏之境。為著打大魚的終極目標，我對如何付諸實行，有自己一套構想。向任天令我佩服之處，是不囿於一時一地之戰，著眼全局，卻又能將我想好的，天衣無縫的嵌進去，相得益彰。現時作戰的細節經反覆推敲後，逐一釐定，行動的時間到哩！」

龍鷹欣然道：「請天師下令。」

席遙道：「我們將最強的戰鬥力，佈置在江龍號上，設下陷阱。向任天將營造出特殊的形勢，讓敵人自投羅網。」

博真拍馬屁道：「最強的人，當然是天師和法王。」

眾人個個心裡認同，如席遙、法明隱伏船上，在敵人沒任何預備下，驟起發難，任對方如何人強馬壯，也要吃不完兜著走。

席遙微笑道：「剛好沒我們兩人的份。因本人和法王另有重任，就是攔截見勢不妙借水遁的練元，保證他除鬼門關外，無路可走。」

符太歎道：「痛快！」

席遙道：「他們原本的實力，練元號加上飛輪戰船隊，確有足夠力量擊潰有鷹爺和太少坐鎮的江龍號，現今當然變得不自量力。竅妙在練元懵然不覺，不曉得時移世易下，形勢完全逆轉。向任天要炮製的，就是在練元錯腳難返後，方驚覺大勢已去，噬臍莫及。」

法王哂道：「賊性難改，他肯定立即棄手下不顧，借水遁逃，以為憑其水底功夫，又有能在水下發揮威力的『血手』，必可執回小命。」

轉向席遙道：「我倆的任務，正是令他發覺水底下仍是死路一條。對吧！」

席遙欣然道：「正是如此！」

此時君懷樸、虎義等領袖級人物圍攏過來，聽席遙的最新指示。

席遙接下去道：「十五艘飛輪戰船由懷樸指揮，負責攫取練元號，理該易似探囊取物。真正的硬仗，將在江龍號上進行，所以我們必須以最強陣容應付之。由於江龍號甲板地方有限，故貴精不貴多。」

整個計劃已是呼之欲出，具體成形。

「知彼知己，百戰不殆」。

正因識破了練元的作戰計劃，徹底知敵，故能反過來設陷阱，誘練元這尾大魚上鉤。

兵法有云：「多算勝。」

席遙和向任天兩大水戰巨擘攜手合作，更是算無遺策。

眾人雖久經戰陣，卻從未試過如今趟般，有著十足把握。

席遙道：「鷹爺、太少、老博、老虎、老管、老桑、小傑和左田，全登上江龍號，等練元和他的人來送死。萬勿輕敵，練元的隨員裡，肯定有多個像葉大、馬鈞般的高手。」

符太歎道：「練元是老子的。」

法明笑道：「沒人會和你爭。」

眾皆莞爾。

席遙低喝道：「是時候哩！」

眾人目光落在法明手托著的籠裡靈鴿。

法明道：「過早、太遲，俱為不美。江龍號起行的一刻，才是放鴿之時。」

江龍號駛離河口，純憑划槳之力，逆水而行。

操槳的十六個向任天手下，訓練有素，向任天可憑鼓聲傳意，如臂使指的向他們發令。

天色漸明。

以公孫逸長、胡安、度正寒和凌丹為首的二十個年輕高手，集中在船尾的位置，此時全體坐在甲板上休息，枕戈以待，隨時可組成強大戰陣，不容敵人攻陷船尾，形成遍船混戰的局面。

掌舵的仍是小戈。

龍鷹、符太一眾人等，與向任天立在船首，等待可在任何時間進入眼簾的練元號。

符太問向任天道：「練元若見不到我們的弩箭機，會否起疑？」

容傑代答道：「該喜出望外才對，以為我們沒想過會在這段河道中伏。」

向任天淡淡道：「不論他喜或疑，在這樣的形勢下，他可以掉頭走嗎？」

眾皆稱是。

如向任天先前的判斷，練元已然入彀，就看是否輸個精光。

向任天道：「現在颳甚麼風？」

人人愕然，向任天本該是最清楚風勢的人，哪有由他來問的？

小戈答道：「以西北風為主，間有幾陣東北風。」
眾人恍然，曉得向任天在訓練小戈，著他勿忽略風向。
向任天道：「太好了！」
龍鷹輕呼道：「我的娘！練元號來了，真的只一艘船，卻沒風帆拂動的情況。」
眾人齊聲歡呼。
向任天問道：「有多遠？」
龍鷹道：「在五里外駛來，像我們般憑人力催舟。」
向任天歎道：「我盼這一刻，盼了十多年。」
符太喝道：「看！」
一艘有江龍號三分之二大小的雙桅風帆，在河道遠處現形。

第十三章　鬥口鬥手

在熹微的晨光裡，光線從左方越過茂密的林頂，灑往汴河，佔著寬闊河道中央位置、順水而來的練元號，給蒙上一層薄薄的光色，如真似幻。

敵船更透出一股神秘莫測之感。

不但因桅帆被拆掉，改以每邊船腹伸出九槳為動力，更因沿著船舷在甲板上豎起丈半高、蒙上生牛皮的擋箭板，卻沒有箭洞，繞全船一匝，令在江龍號的一方，不能直接瞧見甲板上任何情況，若如一艘無人的鬼舟。

此艘堅固的敵艦，比起北幫其他鬥艦大上半倍，加上圍板的高度，船體比江龍號還要高上三尺，當然不可能是揚楚河段之戰後，立即趕製出來。

造一艘大船，沒兩、三年時間，休想完成。

龍鷹猜，眼前的練元號，大可能是從咸陽同樂會充公回來的戰船，由宗楚客交入田上淵之手，想到陳善子和大批幫眾遇害，龍鷹殺機陡盛。

符太問道：「多少人？」

龍鷹從容道：「該不到一百五十人，大部分理應是飛輪戰船隊外，最精銳的北幫成員。」

向任天淡然自若道：「若然是這個數目，艦上該沒有投石機和弩箭機，故而吃水不深，令其倍添靈活。」

稍頓續道：「圍板後應為逐級而上的木階座，最高的一級，只比圍板低上半尺，過艦戰時，敵人拾級而上，可快速過船。」

符太冷哼道：「此正為練元的河盜慣技，以長鉤繫索捕獲目標船隻後，躍過來殺人奪貨，姦淫擄掠。」

虎義一拍背上雙斧，雙目電芒閃射，沉聲道：「今趟是『上得山多終遇虎』，注定屍沉河底。」

博真糾正道：「是『多行不義必自斃』，自斃較貼切。」

眾皆莞爾。

桑槐笑道：「似乎老虎比老博形容得較生動。」

水順船快，說話間，練元號離他們不到二里。

江龍號取的路線亦為河道中央，照現時的形勢，最後兩船勢撞個正著。

容傑歎道：「練元當認定我們已入㲉，豈知情況剛好反過來，是他自己踏上死路去。想想他此刻賊懷大慰的模樣，已使我感到極其興奮。」

向任天冷然道：「退後待客！」

里半。

領頭全體後移。

向任天來到掌舵的小戈身後擺著的大鼓處，拿起指揮進退的鼓棍。

一里。

向任天吆喝一聲，雙棍齊下，登時鼓響震天，驚破了汴河的寧靜，充滿殺伐的意味。

小戈應鼓聲扭舵。

兩邊划槳的兄弟同時配合。

江龍號的船首偏離汴河中央，側向往左，顯然是避免與練元號正面對撼，來個迎頭相撞。

要知敵我一順一逆，不論江龍號幹甚麼，如像現在般的彎往西岸，憑的是付出的每一分氣力，逆水行舟，在靈活度、速度各方面均大打折扣。

不過！

由於對方船快，一旦繞往左岸，轉眼間兩船擦身而過，江龍號將來到敵艦上游的位置。順逆之勢逆轉過來，那時江龍號再來個急拐彎，順水又加上人力，以雷霆萬鈞之勢碾撞練元號，保證可重創對方。

江龍號上每一個人，均知練元絕不容此情況發生，就看他如何反應。

情況異常巧妙。

於練元來說，勝敗的關鍵，在乎「擒獲」江龍號，把江龍號纏死，待他已不存在的飛輪戰船隊逆流趕至，四面八方的攻上江龍號，江龍號上的敵人將無一人能倖免，包括大敵「范輕舟」在內。

就向任天而言，則是如何玉成練元的壯舉。

果然敵艦號角聲起。

每邊九槳，十八枝槳全打進水裡，練元號兩旁即時水花激濺，倏地增速至數倍以上，又船首似長出眼睛般，尋得獵物地偏左朝江龍號順水破浪而來，聲勢駭人。

倏忽裡，兩艦船首相距不到二十丈。

觀其來勢，江龍號在避開去前，將被練元號攔腰撞個正著。

眾人目光不由落到同樣裝置尖錐的練元號船首處，以其順流再加槳力的狂猛，大有機會穿破江龍號船身，嵌了進去。

向任天容色不變的連續雙棍齊下，急敲三記。

偏往左岸的船首，在只得左邊槳往水裡去，又朝汴河中央的位置移回來。

時間的拿捏上尤為巧妙。

等若船首反打回來，可命中對方撞過來的船頭，硬把練元號盪開去。

眾人忍不住高呼喝采。

又有點擔心，怕練元號中招，沒法攀船來攻。

心情非常古怪。

幸好擔心是不必要的。

練元號被圍板包裹的甲板上，鼓聲轉急，十八枝槳應鼓聲全力加速，槳起槳落，急如驟雨，練元號速度陡增一倍。

誰想過練元號在速度上竟還留有一手，在這當兒拿出來見人。

下一刻。

兩船摩擦尖銳刺耳的聲音響徹敵我兩方所有人的耳鼓，一時間再聽不到其他雜響，江龍號和練元號劇烈抖顫，令人深深感覺到互撞的無情巨力。

練元號船首在撞上江龍號前，給回擺的江龍號的船首碰了一記，整艘船往右側傾，卻沒法改變練元號的來勢，挨貼著江龍號右舷，朝江龍號船尾的方向衝去。

高手過招，教眾人歎為觀止。

向任天在掌握練元的能耐下，達至絕對的知敵，不著痕跡地玉成練元的心願。

就在兩船相觸的剎那，練元號殺聲震天，以十計的敵人在圍板後冒出來，十多條索鉤拋出，各自尋找可勾著的目標，近者船弦，遠則到前桅，手法熟練，轉瞬將兩船鎖在一起。

向任天喝道：「退！」

小戈放棄把舵，與眾人退至江龍號中間的位置，騰出半條船的空間，迎接即將越船而來的貴客。

練元號在摩擦下，兼又收起船槳，動力減弱。

忽然所有鉤索同往後扯，顯是圍板後的敵人在另一端拉扯，再繫個結實。十多條拉索一起繃緊，發出「吱吱」響聲，加進兩船摩擦的尖厲聲裡去。兩船劇顫。

練元號停下來，船首差丈許方抵江龍號中央的位置。

在船腹划槳的兄弟回到甲板上，江龍號再無動力，被練元號帶得順流而下。

驀地喊殺聲突起，敵人如蟻附羶的現身圍板上，躍往江龍號船首的位置，人人身穿灰色勁服，還頭紮紅巾，左手持盾，右手持刀，做好了近身搏鬥的準備。只沒想過龍鷹一方，竟來個開門揖敵，毫無阻攔之意。

眨幾眼的時間，船首的位置滿佈敵人，約九十左右之眾，最前排離龍鷹不到丈半遠。

忽然從未出現過在越船之戰的情景，展現眼下，雙方竟成對峙之局，涇渭分明。

長笑聲中，練元自天而降，落在敵陣中央的位置，然後越眾而出，直抵陣前。歎道：「范兄別來無恙，能和范兄二度相遇，乃本人的福份。」

龍鷹迎上他塞滿仇恨的凌厲眼神，學他般歎道：「彼此！彼此！」

符太、博真等盯著這個大唐史上最窮凶極惡的河盜，瞧著他令人不敢恭維的尊容，不知該好氣還是好笑。

對峙之局之所以能成事，皆因雙方各有盤算，均在拖延時間，等待飛輪戰船的到達。

練元當然不明白龍鷹說話背後意之所指，只認為他死到臨頭不自覺。目光投往向任天，道：「實不相瞞，獨孤善明兄和陶過兄，均是我練某親手處決，今天終輪到向兄，令本人得償大願。」

看他既不隱瞞身份，更不怕列舉惡行，可知他有十足信心，江龍號上的敵人，無人可逃過死禍。

向任天微笑道：「不知練兄當日抱頭鼠竄前，是否也像如今般信心十足，自以為勝券在握呢？」

練元不屑答他的以目光掃視向任天、龍鷹外的其他人，緩緩點頭道：「果然人強馬壯，高手如雲，難怪向兄口出豪言。」

他並沒有特別注意現出本來面目的符太。

目光回到龍鷹處，訝道：「還以為王庭經與范當家一道來，可省去練某人的時間。」

桑槐哂道：「老練你仍未夠資格使得動他。」

練元狠瞪桑槐一眼，喝道：「待會我要你這蠢材求生不得，求死不能。」

說時現出個殘忍的表情，似凌辱虐待別人，乃人生大樂。

龍鷹道：「練兄今趟過船來訪，要鬥口還是鬥手？」

練元身後近百手下，同時同聲喝叫，整齊劃一，如若平地起轟雷，確可寒敵之膽。

從吆喝聲中，聽出對方士氣如虹，鋒銳極盛。

練元舉起左手。

手下們立即噤聲。

那種由驚雷疾轉寂靜，本身是另一種震撼力。

糾纏著的江龍號和練元號，順水流下漂近兩里。

雙方基於不同想法期待著的飛輪戰船，可在任何一刻出現。

練元的說話，似在牙縫迸發出來般，向龍鷹冷笑道：「悉隨尊便。」

異響自後方傳來。

練元雙目難忍藏的現出志得意滿之色，道：「范當家還猶豫甚麼哩？」

符太第一個按捺不住，一言不發的搶前，兩手撮成手刀狀，分別插往練元面門和疾斬其左肩。

插面門的手刀，角度巧妙，自下而上，且帶著游移不定的特性，予人可隨時改變的威脅。

如換過其他高手，頂多算手法巧妙，可是由符太施展出來，甫出手已臻達「血手」暴發暴成的威猛之勢。

以練元為核心的方圓丈許之地，全在「血手」氣勁的籠罩內，有如實質、充滿損傷力的陰寒之氣，逼得練元後方最接近的十多個手下，不但須運功抗禦，還身不由主的朝後撤開。

更厲害的，是符太藉「橫念訣」，粗中有細，兩手使出不同的「血手」氣勁，若如從兩手延伸出來的無形兵器，硬撼不可一世、躊躇滿志的練元。

符太似急不及待的強攻，背後有著深刻的思量，是覷準練元必須硬攖自己積蓄至顛峰、點燃引發的「血手」。

牽一髮，動全身。

練元如往後退，等若明著告訴船上敵我所有人，他吃不消一個藉藉無名的陌生小子的強攻，而先前他還大言不慚，試問這個臉怎丟得起？

退後還會搞亂己方陣腳，前線立告不穩，讓對方吃著勢子殺上來，等於輸了先手。

而最重要的，是符太等到飛輪戰船打水聲從後方傳來，方動手出擊，那練元怎都要撐著，待實力強大的飛輪戰船隊殺至，部分登上江龍號加入激戰，部分重重包圍江龍號，以魚槍射殺任何想借水逃生的人。頭綁紅巾，為讓他們易辨敵我。

故此，練元沒得退讓。

「砰！砰！砰！」

眨兩眼間，練元挫後半步，沉腰坐馬，兩手翻飛如電閃，硬架符太十多記重手撼擊。

「血手」對「血手」。

龍鷹等暗讚符太把時機掌握得妙至毫顛。

龍鷹清楚練元打錯算盤，計錯數。

練元之所以來到甲板上兩方對峙的最前線，是要利用「血手」，藉氣血能驟然大盛的特性，帶動整個攻勢，豈知竟給符太不說一聲多謝的，反將此大便宜據為己有。

練元此時的作用，等若一把利劍的尖鋒，尖鋒受制，立即陷敵陣於不知該進還是該退的困境裡。

更劣是猝不及防下，練元顧得擋格，顧不得指揮手下，本士氣昂揚的近百手下，就給他一人牽累了。

從練元雙目裡，龍鷹窺見他的驚惶和疑惑。

符太動手前，練元怎想過竟遇上形非卻神似的「血手」？

「轟！」

符太逼練元對上一掌。

練元吃不住符太比他至少高上一籌的「血手」氣勁，縱然不願，亦不得不後挫步半。

敵陣前線終現亂象。

龍鷹一方的主目標，非只是打贏此仗，而是必須斬殺練元。

龍鷹乃唯一曾與練元在水底交過手的人，清楚練元水性之精，或許天下無人能出其右，以向任天的水底功夫，當年亦沒法阻止他在水裡脫身遁逃。「天師」席遙也是水性了得，可是因尚未從「亡神嘯」回復過來，也因而力有不逮。

因此，在練元借水遁前，可予他多大的創傷，便予他多大的創傷，此重任交託在符太手上，所有戰略佈局，任何一個舉動，均為炮製出練元不能退的形勢，不得不照單以「血手」對符太的「血手」。

只有「血手」，方能令懂「血手」者，沒法藉氣血的特性在短時間內回復過來，也無從卸禦化解。

練元悶哼一聲，再退半步，正要揚聲召手下全面開戰，龍鷹搶先一步，喝道：「兄弟們上！」

血戰全面展開。

第十四章　汴河之戰

龍鷹一方，分兩路攻往敵陣，以在船中央纏戰對仗的符太和練元為定位的錨，劇戰從兩人左右處如翼開展。

右邊由博真、虎義、管軼夫組成三角尖錐戰陣領軍。

虎義居錐尖，其他兩人墜後兩步，以免妨礙虎義斧勢的展開，博真的重木棍、管軼夫的雙尖矛，卻可令虎義無側面之憂，兩把巨斧全力施展。

一時「砰砰嘭嘭」的，兩斧車輪般朝敵疾劈，對方畏於其威勢，自然拿盾來擋格，給他連人帶盾，倒挫往後。功力稍次者，就那麼給震破虎口，盾掉人翻。

博真、管軼夫與他合作慣了，使出綿密的棍法和矛法，如水銀瀉地，無隙不覷的攻敵、殺敵。

三人的三角陣雖威不可擋，卻是以符太的進為進，既不攻入敵陣裡去，也不讓敵突破其防線。

桑槐、權石左田、容傑，再加上公孫逸長、胡安、度正寒和凌丹，形成符太右方強大的防線，不讓敵人越雷池半步。

另一邊由龍鷹打頭陣，用上兄弟為他帶來的雷霆擊，更是擋者披靡。只他一人一擊，便大有可能封死符太左肩至船舷近兩丈的甲板空間，何況現在有向任天、小戈與其他十六個竹花幫年輕高手助戰。

誰感真氣不繼，立從火線退下，由在後方的兄弟補上，也像另一邊般，以防守為主，接下敵人一波接一波的狂攻猛打。

因著對方人多勢眾，又高手如雲，一旦展開混戰，己方傷亡難免，以這個戰法，最能保持元氣，又令對方難發揮以眾凌寡的戰術。將近百敵人，拒止於船首的位置。

向任天用的是一對式樣相同的鉤劍，劍身又長又薄，到劍尖處成鷹嘴般的彎啄，龍鷹直覺感到，向任天這對傢伙，在水底最能發揮其特性。

小戈使長矛，像他的人般，沉穩狠辣，身手絕不在公孫逸長等四人之下，難怪向任天這麼看得起他。

敵人亦被激起凶性，又確為精銳，隨便一人出去走江湖，當得上好手之列，武功特高者，直追被斡掉了的葉大和馬鈞。且尚以為捱到飛輪戰船隊至，立告勝利在握，故人人奮不顧身，前仆後繼地衝擊龍鷹一方的防線，不片晌伏屍處處，只能跨過夥伴的屍體對敵人狂攻猛打，慘烈至極。

向任天其他十多個手下，聚集防線後方，如有人受傷，由他們動手救治。

不論江龍號，又或練元號，失去動力，隨水漂往下游，與全速趕來的飛輪戰船隊，距離迅速拉近。

最火爆眩目的，得數符太與練元的交鋒。

表面看，兩人均是見招拆招，以攻對攻，著著硬拚，在不到一丈之地，忽快忽緩，勁氣橫空，沒人可逼近戰圈半步，拚個旗鼓相當。事實上，練元一開始時失去的先手優勢，始終沒法扳平過來。

符太採的是溫水煮蛙之法。

為殺此人，他變得出奇地有耐性。

論「血手」上的修行，符太比半途出家的練元高上不止一籌。然而，練元習「血手」前本身功底極厚，早臻一等一強手之林，其能將以前的功法與「血手」融渾為一，為大奇蹟，令他的「血手」另闢新徑，結合超凡的水底功夫，成為龍鷹眼裡水內最難纏的大敵。

故此龍鷹千叮萬囑，著符太務要在他逃遁前，大幅削弱其功力。

逼得練元招招硬拚，正是符太的戰術，打的是消耗戰，任練元如何出盡渾身解數，仍被符太主導戰況，牽著鼻子走，不但完全沒法改變現狀，還被符太憑「橫念訣」而來，天馬行空般的凌厲手法，令他每擋格一招，真元便告損耗少許。

十多招下來，練元已苦不堪言。

在平常情況下，練元還可藉後撤或閃移以減輕壓力。可是在這飛輪戰船隊即至的一刻，兩旁和身後盡為全力攻打敵方的己方人馬，絕不可退讓的情況下，他只有竭盡所能，撐到那一刻。

面對符太疾如電閃，奇招異法層出不窮，又招招奪命的可怕攻勢，練元只能見招拆招，陷入被動，若如下棋，每一著都是不得不回應對方，無能採取攻勢。

符太撮指成刀，直插練元胸口。

練元還以為終盼到扳平的機會，獰笑一聲，胸口後縮時，身體側擺，以貫滿真勁的右肩頭，硬撞符太戳至的手刀。

此為練元獨家奇技，從水底領悟修煉回來，就是身體任何一部分均是武器，藉「血手」真氣可迅猛轉移的特性，用肩頭擋格，與用手無異。

在現今的情況下，確為扭轉形勢的妙著，只要能盪開符太殺著，他可借勢旋往符太左後方，那時便可將劣勢逆轉過來。

豈知符太冷笑一聲，本來勢洶洶、勁道十足的手刀，變得輕飄無力似的，雖給他的肩頭撞上，不單沒給盪開去，還附上練元擺撞過來的肩頭，輕按一下。

練元憑「血手」催發的強大氣勁，倏地消失個無影無蹤，不知給收走了，還是被化掉，登時生出用錯力道的感覺，差些吐血，魂飛魄散時，符太以迅雷激電的高速，向他連環疾轟五拳，另加兩腳。

本已處於劣勢的練元更被殺得左支右絀，只能純憑直覺，做出近乎本能的反應。不過，符太速度雖快，卻招招重手重腳，練元給震得體內血氣翻天，後勁跟不上前勁，五臟六腑，同告受創。

符太此新一輪攻勢拿捏的時間，背後大有玄機。

飛輪戰船隊剛抵達現場，進行合圍之勢，故此時間無多。

尤可慮者，是若敵方的「飛輪戰船隊」殺至，他們一方不可能仍保持守勢，坐待敵援殺上船來，唯一解釋，是飛輪戰船隊再非練元的人。

以練元狡猾多疑的河盜性格，不可能忽略這般大的漏洞破綻，如被他看穿，當機立斷下達撤退「扯呼」的命令，不要說殺練元，其他大部分敵人亦可在被圍前逃之夭夭，令他們一方功虧一簣。

因而符太必須以非常手段，分練元心神，令他無暇想及其他事。

之所以能建此奇功，得力於妲瑪的「明玉功」，加上從與柔夫人「合籍雙修」，令「明玉功」更上一層樓，故能於此特殊情況下，以柔制剛，化掉練元狂猛的「血手氣勁」。

接著的五拳、兩腳，乃符太活至此刻最精采的傑作，以「橫念」製造出「血手氣勁」入侵對手血氣的形式、速度、輕重，換過是田上淵，怕也擋得非常辛苦，何況練元。

其他人縱然發覺龍鷹一方態度異樣，可是撤退的命令，只可以來自練元，令敵人坐失唯一逃出生天的機會。

龍鷹一直在注意符太和練元交手的情況，見狀心裡大讚符太聰明，功夫了得更不用說，自問換過是自己，一是早打得練元抱頭鼠竄，不可能如此緊纏對手，恣意折磨。

大喝道：「兄弟們小心，有援兵至。」

在兵荒馬亂之際，無一刹那不是面對死亡的威脅，只有頂尖兒級的高手，方能同時顧及戰場內外。

龍鷹揚聲提醒，是要知會己方兄弟，飛輪戰船隊及時到達，完成包圍之勢。與符太交手的練元臉現駭然之色，猛往後退，顯然察覺有異。

如來的是他的人，此時好應從江龍號的船尾撲上甲板去，前後夾攻敵人。

符太如影隨形，放手狂攻，不讓練元有絲毫喘息的空間，大笑道：「太遲哩！」

隨他推前，兩邊的兄弟改守為攻，一時斧光、刀影，倏地朝外擴展。

此刻對方近百個敵人，倒下近半，餘下的四十多人，已成強弩之末，哪堪摧殘，給逼得退往船首的一端。

就在此時，旁邊的練元號慘叫頻傳，顯是勁旅兄弟成功登船，清剿留守的敵人。同時練元號向著江龍號的圍板頂，冒出二十多個勁旅兄弟，持弩弓發射。

僅餘的四十多個敵人，猝不及防下，給射倒七、八個。

練元到此刻終清楚誰是死到臨頭不自知的真正傻瓜。

狂喝道：「走！」

「砰！」

他確是了得，不理符太攻來的招數，使出同歸於盡的手法，逼得符太不得不變招迎上他轟來的雙拳，令練元首次爭回主動。

雙拳對雙拳。

符太後挫兩步，以消化練元竭盡全力的保命招數。

練元卻被符太轟得往後拋飛，邊噴著血，邊連打跟頭，投往江龍號船首外的空中去。

第二輪弩箭到。

餘敵齊聲發喊，自然而然往與勁旅弩箭手相反的方向逃生，躍離江龍號的左舷，投往汴河去。

龍鷹、符太、向任天、小戈跨過遍地的敵屍，從船首投往汴河去。

桑槐張手攔著要跟著去的博真等人，喝道：「在水底人多反亂，今次沒一個敵人可活離汴河。」

桑槐所言非虛。

十五艘飛輪戰船，兵分兩路。

一路來到練元號旁邊，躍過圍板登上敵船，部分人負責清剿留守船上的敵人。其他人到向著江龍號的圍板上，輪番以強弩襲敵，勢如破竹的擊潰仍在江龍號船首苦戰的敵人。

另一路駛至江龍號的另一邊，封死敵方唯一逃路。

不論飛輪戰船船上或船下的水裡，均有兄弟把守。

從江龍號躍下來逃生者，如能避過給弩箭於入水前淩空射殺之厄，到了水裡仍逃不過給魚槍貫體之禍。

現在唯一，也是最關鍵的，是能否殺練元這尾最大的魚？

練元被擊得噴血翻騰，投進汴河的過程，「僧王」法明和「天師」席遙親眼目擊。兩人的飛輪戰船，一直追在順水漂流的兩船之後，等待的正是眼前情況。決定性的時刻終告來臨。

整個「屠練大計」，出自席遙來自兩世輪迴的腦袋，其他人包括龍鷹、向任天、符太等全面配合。

策略、戰術，莫不以此作為終極目標釐定。

說到底，比之久經沙場磨練的鷹旅，不論北幫今次參與的戰士如何精銳，由戰法、戰陣體現出來的整體實力，與鷹旅差上一大截。

從江龍號與練元號迎頭相遇開始，主動之權似全操於練元之手，攔截、過船，事事順心，遂令練元認定「范輕舟」一方步進陷阱，加上他的一方人數佔上壓倒性優勢，練元因勢生驕，氣焰沖天，直有對方生死全操握手上之概，滿口狂言。

然而符太一出手，以「血手」對「血手」，立即剋制得練元動彈不得，痛失指揮進退的靈活性和應變力。

就符太這麼一個「名不見經傳」的小子，使出來的似「血手」又不似「血手」，偏能纏他一個脫身不得、應接不暇，一向目中無人的練元心內的窩囊氣，可想而知。

九十多個北幫精銳，便那麼被對方一道強大的防線，牢牢綁死在江龍號船首的一截位置，死傷不住增加，卻沒法爭得寸地。

瞧來簡單，還像理所當然，卻是由天下最懂利用環境的「魔門邪帝」設計出來，用盡江龍號的「地利」。

此亦為將傷亡減至最低的戰術，受傷的，可立即退離前線，到後方的安全位置由己方兄弟救治。

飛輪戰船隊到，勝敗已是定局。

在練元入水前，左、右手各持一枝魚槍的席遙，正恭候他大駕。

席遙和法明兩人各立在一艘飛輪戰船上，由鷹旅兄弟伺候，負責操控戰船進退。戰船間相隔約丈半，離江龍號的船首達五丈，看似鬆散，但兩人何等樣人，聯手形成的封河之勢，稍有點眼力的，便知闖兩人之關，無異於尋死。

練元翻第一個跟頭時，狀如天神、形相清奇的兩人同時映入眼簾，心知不妙，雖一時仍猜不到是何方神聖，豈敢大意。

換過遜於他的高手，肯定來個千斤墜，好縮短入水的時間。問題在若給對方捉著路，因著只可以直線下墜，無法中途改變，等於明著給對方射有跡可尋的活靶，試問他可擋多少箭？

練元沉喝一聲，反其道而行，猛提一注「血手氣勁」，不跌反升，翻往高上半丈的空間。

就在他升到力所能達最高點的一刻，法明按動機栝，魚槍化為白芒，還反映著陽光，橫過三丈多的空間，筆直追去。

練元吐氣揚聲，雙手朝射來的魚槍拱掌疾推。

如盾狀般的多重奇異「血手氣勁」立告成形，迎上魚槍。

「血手」果是不同凡響，若一般高手以真氣格擋來槍，等於與法明隔空硬拚一招，於此受創頗深之時，絕對不宜。

魚槍射上第一層「血盾」，發出勁氣交擊之聲，明顯變緩，仍能破盾而過，射在第二重「血盾」上。

「砰！」

第二重「血盾」破碎。

乍看此重「血盾」難阻慢魚槍分毫，但法明已遙感被練元成功化去魚槍所含大部分「至陽無極」的真氣。

「轟！」

第三重「血盾」寸寸碎裂，練元如遭雷殛，噴出一口鮮血，卻竟能乘機借力，倏地加速，仰身投水。

席遙射出左手的魚槍。

魚槍平著水面射去。

練元雙掌朝後推，登時生出反撞力，改墜插為騰升，還來個大空翻，變得面向兩人。席遙一槍，就在他腳下半尺掠過。

席遙歎道：「果然難殺！」

說時右手魚槍射出。

此時江龍號漂離，與他拉遠至二十多丈。

龍鷹、符太、向任天、小戈趕至船首前端，目睹席遙射敵的第一槍。

第十五章　水下捕獵

龍鷹毫不猶豫彈離船首，橫越近二十丈的空間，入水點該離練元不到三丈，加上在水下未消的衝刺力，可趕上比他早一步入水的練元。

他居高臨下，清楚瞧到練元如何避開席遙的第二槍。

席遙此槍不論時間的拿捏、角度的準繩，均妙至毫顛。掌握的是練元升勢已盡，必須從離水面丈許高的位置落下來。

此為天地自然之理，沒人能違反。

練元唯一可控制的，是入水的速度。

如使千斤墜，可比自由墜入水中快上一倍。

不論他採取何法，席遙的一槍亦可於他入水的剎那，命中他身體，分別只在射中腳，還是射中他面門。

怎知練元用的是龍鷹也沒想過的第三種方法，來個雙手抱膝，化為人球，滾轉著沒入水裡去。

席遙第二槍立告射空，在他上方掠過。

法明喝道：「好傢伙！」

射出最後一槍，追進水裡去。

不過！法明也曉得，要射中回到水裡的「水妖」，談何容易。

練元入水後的動靜，瞧得最清楚的是龍鷹，法明看似姑且一試、隨意的一槍，角度、時間非常刁鑽，恰好是他在水面下丈半許處，舒展身體的一刻，魚槍插胸而來，駭得練元忙往東岸方向翻滾，險險避開，又再吐一口鮮血。

四槍雖有三槍射空，卻非沒有作用，逼得練元連續催發「血手氣勁」，令他傷上加傷。

龍鷹斜插進入水裡。

後方三聲水響接連響起。

第一響水花濺激聲最響亮，當是符太入水的聲音，另兩響只是微僅可聞的「撲通」聲響，顯示追在符太身後的向任天和小戈，水底功夫比符太更高明。

下一刻，龍鷹入水逾丈，練元沉往深達三丈的河床，離他約四丈遠，再不像上趟與他水底交手般，靈活如魚，而是動作有點遲緩。

來到水下的世界，形勢優劣立即逆轉過來，任龍鷹魔功蓋世，魔氣、道勁無不受到水的阻力，威力遠遜陸上，水愈深，影響愈大。

反之，水下「血手」卻可發揮其獨門本領，利用水的特性製造各式利器，收發由心，將「血手」發揮得淋漓盡致。

腳底勁發。

龍鷹改向朝水底右下方的練元追去。

倏忽間，龍鷹追至練元後上方十二尺的位置，方發覺練元站立水底，凝立不動，提氣運功。

心叫不妙時，練元轉過身來，面對龍鷹，現出個邪惡猙獰的笑容，雙掌似緩似疾的朝他推來。

假如龍鷹早前殺葉大時沒用過「小三合」，這時肯定給練元來個水下「仙門訣」，此刻卻是力不從心。

然而無論如何，他延誤了練元的逃遁。

「轟！」

龍鷹撞上了練元的無形水牆，不但去勢全消，且被硬拋回去，全憑護體魔氣，化解了「血手」陰寒的損傷氣勁。

練元比他好不上多少，被反震得往後翻滾逾丈，貼著水底朝離他不到八丈的汴河西岸潛游過去。

龍鷹吃虧在未能先一步探測到他的「無形水石」可「擲」至一丈外的距離，給他算中一著，不過，如此施展「血手」，會令練元內傷加劇。剩瞧「無形水石」奈何不了他的魔氣，知練元接近油盡燈枯的境地。

席遙的「消耗戰」奏效了。

龍鷹在水內一個迴旋，續追變成一個模糊背影的練元，心忖憑水底彈射，有絕對把握在練元抵河岸前趕上他。

另一念頭湧上心頭。

練元若登岸，以他目前的狀態，怎可能避過鷹旅的追捕？

又以席遙和法明的老到，肯定正在岸上恭候。

念頭仍盤旋腦際的當兒，異變突起。

貼著河床潛游的練元，四周爆開朵朵「烏雲」，同一時間，練元從他的感應網消失個無影無蹤。

龍鷹今回是真的大吃一驚，首次想到練元於此劣況下，或許仍能突圍逃生。

練元不愧天下最窮凶極惡、首屈一指的河盜，奇招妙著層出不窮，難怪當年向任天、獨孤善明、陶過等佈下天羅地網，仍被他脫身而去。

今天他練成「血手」，使他成為龍鷹眼裡在水內沒法殺得死的人。欲於水下殺他，難比登天。

就在引爆能在水內形成障眼烏液、染黑大片河水的特製丸彈之時，練元拚其餘力，催發魔功，進入匿跡隱藏的狀態，做逃命的最後努力。

水底烏雲隨水往下游迅速擴散，不片晌已籠罩方圓三十多丈的大範圍。

清流變成「烏流」。

思索間，龍鷹游進了烏流裡，真不知這樣的水下障眼法是如何製造出來，以龍鷹之能，亦失去視物的能力。

在離開險境前，練元絕不登岸。

這個想法，令龍鷹感到尚有一線抓著練元的機會。

練元的救命法寶仍方興未艾，一朵朵的烏雲如綻放煙花般在河水裡盛放，籠罩的範圍愈趨廣闊，往左、右兩岸和下游方向擴散。

龍鷹必須作出判斷，練元採哪一水底路線逃走？靠貼東岸還是西岸？抑或有那麼快游那麼快，借水勢順流而去？最難捕捉的，當然是不住改向、飄忽莫測的逃走路線。

倏地生出感應。

我的娘！竟然是符太，不用問也知符太截不住練元，失望之情，打從深心處湧上來，填滿胸臆。

符太可說是他最後一個希望，只有同樣精於「血手」的符太，可在水底剋制練元，令練元無法脫身。

符太察覺到他，探手過來。

龍鷹一把握著，符太搖手示意，著他升上水面。

龍鷹心想這是沒有辦法裡的辦法，到水面起碼可弄清楚烏流籠罩的範圍，總好過在烏流裡盲目摸索。

兩人同時在水面冒出頭來。

回到陽光普照的天地。

纏在一起的江龍號和練元號，消失在半里遠一道河灣之外，席遙和法明的兩艘飛輪戰船在他們後方十多丈處固定在水面，位處烏流邊緣的位置，而整道長河，盡變烏黑的水。

符太狠狠道：「我操練元的十八代祖宗。」

後方的法明指著前方喝道：「看！」

龍鷹、符太依言瞧去，立即喜出望外。

下游三十多丈、偏近東岸的位置，水面翻騰不休，明顯水下有人在激戰惡鬥。

誰有本領在這樣的水底環境裡，截著善遁的練元？

向任天！

席遙的飛輪戰船，駛至兩人身旁，著他們登船。

兩人剛離水登船，翻騰的河水平復下來，就如出現時的那般突然。

兩艘飛輪戰船，並排駛過去。

沒人曉得事情將朝哪個方向發展。

水流風平浪靜，似除被染黑外，從沒有發生過任何事。

驀地一股水柱，破水面向上噴，直抵近丈的天空。

接著練元打橫浮上水面，一枝長水刺貫胸而出。

龍鷹和符太齊聲嚷道：「我的娘！」

向任天和小戈先後從水面冒出頭來，抓著練元的屍身。

飛輪戰船朝下游駛去，好與己方兄弟會合。

插著練元屍身上的長水刺被拔了出來，死去的凶人給置於一旁，以布覆蓋。

親手殺練元的小戈跌坐一角，抱頭悲泣，積壓多年的情緒，如山洪暴發，盡情宣洩。

龍鷹目光投往對面坐在船邊的向任天，向任天瞥小戈一眼，搖頭道：「最好不要問。」

眾人明白過來，曉得小戈經歷過的，慘絕人寰。

但無論如何，小戈親手向練元討回來。

符太讚道：「向大哥真了得，竟能在這樣的情況下截著練元。」

向任天冷哼道：「練元懂的，我比他更在行。傷上加傷下，他壓根兒游不動，唯一方法，是尋得河水裡的暗流，借水力逸出重圍。」

法明訝道：「大海下暗流處處，這個我明白，想不到河裡亦有暗流。」

向任天解釋道：「河裡暗流的成因很簡單，多是因有支流的水注入主河裡，在一段河水下形成暗湧激流。」

深吸一口氣，似要揮掉因得報親弟向任雲和陶過、獨孤善明等人血恨的情緒，方接下去道：「早在下水之前，我已猜到練元欲以此法遁出重圍，故著小戈一起與我尋找水內暗流。」

席遙讚歎道：「向兄不單熟悉水性，更清楚河盜的一貫作風，慣了在作案的河流，預先『踩線』摸清楚水底下的環境。」

符太笑道：「今趟練元該是為我們的『范輕舟』踩線，豈知竟因此命喪汴河。」

小戈停止哭泣。

眾人目光投往他去。

小戈仰起滿臉熱淚的頭，往他們望來，道：「謝謝！」

江龍號和練元號，在十八艘飛輪戰船的簇擁裡，出現前方。

小戈彈起來，朝駛來的兄弟艦船，振臂狂呼道：「殺了練元哩！」

前方爆起震天采聲，做出回應。

龍鷹接過桑槐的捲煙，深吸一口，遞過去給坐在右旁的博真，心曠神怡的道：「我的娘！這兩口比先前的更是回味無窮。」

江龍號、練元號和二十艘飛輪戰船，就那麼靠泊汴河西岸，做另一大戰來臨前的準備工夫。

凡剛才有份參與激戰的兄弟，排排坐在岸旁，爭取休息復元的時間。

其他兄弟，忙個不休。
主要的工作，是把三百二十枚霹靂火球分配到練元號上。
由於練元號上沒置投石機，故只有被小戈為龍鷹配置投擲繫索的霹靂火球，始有用武之地。
還有是神火箭，全分配到練元號和二十艘飛輪戰船去，大幅增強其對敵艦的殺傷力。
席遙、法明和向任天商議完畢，此刻來到他們處，找空位坐下。
附近的兄弟圍攏過來，聽取下一步行動的綱領。
公孫逸長來到眾人後方，蹲下來，欣然道：「稟告各位大爺、大哥一個好消息。」
博真道：「甚麼娘的好消息？難道練元死而復生，可讓老子親手再殺他一次？」
眾人齊聲笑罵。
桑槐喝道：「聽逸長說！」
眾人靜下來。
公孫逸長道：「小戈準備返揚州後，立即卯盡全力，誓把心儀暗戀的美女追上手，然後娶妻生子，安居樂業。」

向任天訝道：「小戈怎會告訴你這種不可告人的心事？」

眾人想到小戈沒半點歡顏的面容，均同意向任天的看法。

公孫逸長理所當然的道：「我是從他的眼神瞧穿他心裡想著的東西。」

噓聲大起，旋又轉為狂笑，汴河西岸瀰漫著難以形容的喜悅。

虎義笑罵道：「你奶奶的！從老子的眼神，你這小子又看到甚麼？」

向任天道：「當然甚麼都看不到。不過，逸長有一點是對的，從今天開始，小戈終擺脫悲慘的過去，開始另一個截然不同的人生。能將心內積壓多年的悲苦哭出來，是天大的好事。」

管軼夫問道：「如何處理練元的屍首？」

向任天淡淡道：「我已割下他的首級，煉製後帶返揚州，以之祭奠亡於他手上的冤魂。」

一片靜默。

席遙開腔道：「今夜之戰，我們是對船不對人，一來不想我方有傷亡，更主要是因關外的北幫已精銳盡喪，收拾餘下的蝦兵蟹將，不用急於一時。」

眾人莫不同意。

過度的殺戮，最堅強的人仍消受不來。

席遙續道：「據太少偵察得來的情報，北幫艦隊雖駐紮多處，卻以清平湖集結的艦隊數目最龐大，超過三十艘鬥艦，該由戰帥級的郎征或善早明其中之一親自指揮。」

法明接下去道：「要全殲散佈湖內不同泊點的三十多艘敵艦，在正常的情況下是不可能的。何況對方正處於高度戒備的狀態下，對入湖的水道必嚴密佈防，該水道寬度不過三丈，剩是從兩岸射來的火箭，我們已消受不起。」

唯一的方法，是從陸上突襲，也是他們最初的計劃，因發現飛輪戰船隊，取消行動。

席遙微笑道：「幸好今次並非正常情況，只要我們能安然通過兩里長的水道，敵方的三十多艘戰船將完蛋大吉。」

權石左田擔心的道：「那邊知否這邊的事呢？」

容傑道：「若然曉得，理該空巢而來，現在見不到敵艦的影子，自是懵然不知。」

權石左田道：「也可以是知道後生出恐懼，龜縮不出。」

符太長身而起，笑道：「想清楚還不容易，讓老子再次出動，探聽敵情，然後在入湖水道外的汴河東岸等候一眾大哥，報上水道是否安全。」

眾人大讚好主意。

符太去後，博真問道：「我們何時起程？」

席遙仰觀太陽的位置，徐徐道：「清平湖離此六十多里，我們在日落前個半時辰出發，可於深夜抵達。」

向任天道：「我們將把他們從睡夢裡驚醒過來。」

眾人齊聲吆喝。

向任天歎道：「練元掛了，陪他一起上路的還有近五百個精銳，今晚之後，所餘無幾的戰船又給多燒掉三十艘，看北幫以後可拿出甚麼來見人。」

此時有兄弟送來乾糧，醫肚的時候到了。

第十六章　分道揚鑣

清平湖之戰，成敗關鍵在乎賺敵入湖，驟然突襲。

向任天之計，就是扮作凱旋回來，並俘獲江龍號的「范輕舟」，加上有二十艘飛輪戰船，倍添事情的真實性。

唯一問題，是對方於昨天的汴河之戰，是否有警覺？

當作探子的符太在離清平湖水道口五里處登上練元號，帶來對方毫不知情的報告，大局已定。

席遙提議，己方仍派出高手，趁火燒敵船之際，清剿入水道兩岸的敵崗，俾可原路離開，因汴河以南的運河已被廓清，成為安全水道，令分佈附近的敵船來不及追截。

眾人稱善。

席遙點將下，此任務除自己參與外，由法明、博真、虎義、管軼夫、桑槐、容傑、權石左田負起，可以迅雷不及掩耳的威勢，於第一艘敵艦起火之時肅清敵人。

安排妥當後，船隊駛入水道。

練元號領頭而行，燈火通明。

最妙是擋箭圍板未拆掉，像龍鷹等汴河之戰前看到的情況，諱莫如深，從外瞧過去，甚麼都看不到。

江龍號緊跟後方，烏燈黑火，在夜色裡，隱隱見到十多個頭紮紅巾的人在甲板上工作。

兩船均以人力為動力，雖逆流而行，速度可控。

二十艘飛輪戰船，十艘在前開道，十艘隊尾壓陣，戰船上的兄弟都頭紮紅巾，來個魚目混珠。船首只掛上一盞風燈，秋風呼呼下，燈焰閃爍，敵哨一時哪分辨得出真偽。

他們亦留有一手，以免陰溝裡翻船，如水道兩岸的敵人稍有異動，立即由前後戰船的兄弟，躍上岸對付敵人。

既然是凱旋歸來，自須大張旗鼓。

進入水道，立即燃放煙火，又擊鼓如雷，將睡著了的敵人驚醒過來。

湖岸本黑沉沉一片，聞聲眾敵艦紛紛亮著燈火，還歡呼喝采回應。如眼所見的非是個騙局，那就是自揚楚河段的大敗後，北幫再次吐氣揚眉，難怪敵人歡欣如狂。

練元號裡，眾兄弟伏在登上圍板頂的木階梯處，神火箭搭在強弓上，又有兄弟手持火把，負責點火，靜待時機。

龍鷹提著一個霹靂火球，準備投擲。

符太在旁拿著燒紅的烙錐，以燃點火球。

符太笑道：「這班蠢材叫得多麼開心。」

龍鷹沒附和他，因心裡不忍。

可以的話，他寧願明刀明槍，與敵分出生死勝負，然而戰爭從來如此，不容惻隱之心有存身之所。

練元號左轉往敵艦集中處駛去。

龍鷹道：「點火！」

符太以烙錐錐穿火球，片刻後，火球冒煙。

龍鷹將霹靂火球在頭頂上旋飛兩匝，在眾兄弟引頸企盼下，忽然脫手飛出，高上夜空。

「砰」的一聲，霹靂火球化為一團烈火，橫過夜空，消沒在圍板視野之外。

伏在圍板頂下的兄弟們，人人探頭到圍板上，觀看火球投敵的異景。

敵方的歡呼聲倏地收斂歇止，顯然發覺異樣。

練元號上的兄弟爆起震湖采聲，接著是來自江龍號和飛輪戰船的吆喝，然後是敵人驚惶失措的叫喊。

敵艦起火焚燒。

不待命令，從飛輪戰船、練元號和江龍號射出的神火箭，如驟雨般往敵艦灑去，在湖面上的夜空，劃出無數火痕。

投石機響。

霹靂火球一個接一個投往敵艦。

還有弩箭機的機栝聲，飛輪戰船憑其靈動性，各自找尋獵物，予以無情的攻擊。

戰爭一面倒的進行著。

天明。

晨光下，船隊沿汴河南下。

江龍號領前，練元號隨後。

練元號拆掉圍板，升起桅帆，後面拉著兩大串共四十五艘沒載人的飛輪戰船，像大串的鴨子，蔚為奇觀。

除操舟的人員外，大部分人躲進艙內倒頭大睡，三日三夜的連續戰鬥，鐵鑄的都消受不起。

龍鷹睡了半個時辰，給席遙和法明弄起身來。

三人到江龍號船尾說話。

席遙問道：「還想暗殺洞玄子嗎？」

龍鷹差些兒忘掉此事，聞言認真思索，道：「從殺練元之難，可推想殺洞玄子不會易很多，此人精通旁門左道之術，人老成精，殺他須冒大風險。」

法明道：「任何事情，只合在某一時機下進行，若我們現在專程回去對付他，總有彆扭不自然的感覺，而非水到渠成。」

席遙道：「此事暫時作罷，看日後如何。」

龍鷹心中認同法明的說法。

像當日在西京，龍鷹和席遙、法明興致勃勃的密謀對付洞玄子，可是這麼的離京，挑戰北幫在關外的霸權，洞玄子立即變得微不足道，便是時移世易的道理，大有勉強之感。

法明道：「既然如此，我們在此和鷹爺話別。」

龍鷹生出不捨之情，道：「何不多聚幾天，難得有此機緣。」

法明笑道：「那就是放不下哩！」

席遙道：「光陰匆匆，吾所念者，是進行得道前的修行，以天地為家，心無罣礙的雲遊四方。」

法明笑道：「你兩輩子的修為還不夠深嗎？那我怎麼辦？」

席遙道：「問題正生於我比別人多了一輩子。非是說笑，剃掉鬍鬚扮毒公子後，盧循在我心裡似復活過來，助鷹爺對付北幫，思考的方式，正是盧循的方式。由此，我感到修養上仍有弱點，此弱點就是盧循。唉！我等了近兩百年，不容出任何岔子。」

龍鷹大奇道：「竟有此異事？」

法明深有同感，點頭道：「確為異事，只可以發生在天師身上，也只有天師可解決。」

席遙欣然道：「是個玄機，亦為孽報所在，我視之為得道前的一個難關。」

仰望天上藍天白雲，悠然道：「能否破空而去，就看鷹爺的福緣，惠及我和僧王，對此我們有十足的信心。」

法明道：「鷹爺『仙門訣』的得失，還看仙胎、魔種的終極結合，捨此不知要磨蹭至何年何月。我有個直覺，仙魔合一的剎那，我和天師不論在千里或萬里之外，仍生出感應，屆時自會來尋鷹爺。」

龍鷹訝道：「我剛剛想到這個可能性。」

席遙道：「這便是玄機妙應。」

龍鷹問法明道：「天師閒雲野鶴，去留無跡，僧王是否返家靜養？」

法明道：「該這麼說，我是去處理凡塵俗事，做好破空而去的準備工夫，最重要是讓兒子堅強獨立，懂趨吉避凶之道，好好照顧母親。」

接著眼現精芒，掃視長河、林岸、晴空上壯觀的雲朵，感觸良多的道：「自與鷹爺在長安大慈恩寺外馬車裡的一席話後，整個天地顛倒過來，以前所有抱持的信念，剎那間土崩瓦解，同樣的天地，變得有截然不同的意義，怎都算是一種看破吧！」

龍鷹訝道：「可是接下來，大家又扮作兩大老妖到房州去，我卻完全感受不到法王有這麼徹底的改變。」

法明道：「只是沒顯露出來，也因過往的包袱太沉重。在房州外，鷹爺提出『仙門訣』乃千百世之福緣，錯過便是錯過，深深打動了我，只恨無從入手。」

席遙道：「僧王畢竟是僧王，疑無路處，尋得出路，就是到南方來尋我，也惠澤於我，使我看到『破碎虛空』的一線曙光。」

稍頓，續道：「到今天，仙門之秘，大白於我們三人之間，伸手可觸，只差那最後一著。現在不論多麼枯燥的事，都變得興致盎然；一草一石，莫不蘊含真理意義。這是多麼動人的人生。」

法明道：「是離開的時候哩！老弟珍重！」

三百多個霹靂火球，全告用罄。

江龍號的艙廳回復原狀，卻空空蕩蕩，沒桌沒椅。

眾人豈會介意，晚膳就席地吃。

曉得天師、僧王離他們而去，眾人都感到難捨之情，然離別本就是人生不可分割的部分，片晌，早置諸腦後。

也因兩人的離開，眾人聊到未來的去向。

博真對向任天道：「還有用得著我們的地方嗎？」

向任天笑道：「殺雞焉用宰牛刀，何況還有黃河幫，我們竹花幫也只是在旁為他們搖旗吶喊，辛苦的事，由他們承擔。」

黃河幫實與大江聯無異，眾人均感向任天言之成理。

若要犧牲，由大江聯去犧牲好了。

符太道：「田上淵見勢不妙，會否派人出潼關支援？」

君懷樸道：「恨不得老田這般做，他更是不得不這麼做，讓大江聯和北幫來個兩虎相爭，互相削弱對方實力，我們的竹花幫可坐收漁人之利。」

度正寒鼓掌道：「說得精采！」

坐在他旁的凌丹笑道：「這小子正急不及待的趕返揚州泡妞去。哈哈！」

博真讚許道：「聰明！聰明！」

胡安伸個懶腰，歎道：「我們盼這一天的來臨，盼得頸都長了，終於盼到。」

眾人記起隨船南下的練元首級，乃自北幫冒起後，竹花幫最輝煌的戰利品。

桑槐問龍鷹道：「西京需要兄弟們嗎？」

龍鷹想到西京錯綜複雜的形勢，立告頭痛，還有抵達西京的吐蕃和親團，不到他不理。答道：「西京已成一灘大渾水，生人勿近，你們絕不宜踩入去。」

博真、虎義、管軼夫齊聲歡呼。

符太沒好氣的道：「混蛋始終是混蛋，稍有收斂後，又故態復萌。」

博真哂道：「人之性情，如物之異，各個不同，我們樂此不疲的，太少這輩子亦不明白。你奶奶的！大亂之後大治，大戰之後就是大休，真正的大休正是花天酒地、醉生夢死的生活。今天不知是何年何日，又忘記了明天，想想也令人心神嚮往。」

向任天道：「老博說的不無道理。」

容傑笑道：「難道向大哥也與我等同行，一起尋歡作樂？」

向任天苦笑道：「你找錯人哩！」

眾皆大笑。

龍鷹順口問道：「其他兄弟是否和你們行動一致，共進共退？」

君懷樸答道：「有十來個兄弟加入我們，其他的趁機返鄉，過一段安樂日子，等待鷹爺另一次召集。」

符太訝道：「懷樸竟也愛這個調調兒？」

君懷樸道：「我是趁熱鬧，也可一窺中土青樓技藝引人入勝之處。」

博真斜眼兜著他道：「這小子長得那麼英俊，真怕給他搶去老子的風頭。」

哄笑聲山洪般爆發，人人笑彎腰，而最惹人發噱的，是博真認真的表情。

虎義道：「我們今趟是反其道而行，先在揚州逗留一段日子，然後沿大江返成都去。」

桑槐道：「我們談起成都，都發覺在成都過的日子最寫意，其特色在於乃眾多不同民族聚居一地，多采多姿。」

博真咕噥道：「剩不同民族的妞兒，花蝴蝶般的服飾，教人目不暇給。」

君懷樸道：「我們就在成都候命，等待鷹爺的召集。」

博真用手肘撞撞身旁的符太，道：「太少真的不隨我們去嗎？」

又提議道：「可讓小敏兒女扮男裝，陪你一起去青樓趁熱鬧。」

符太道：「趁你的娘！」

眾人笑得合不攏嘴。

權石左田罵博真道：「損友！」

容傑道：「太少還要和鷹爺返西京？」

符太詢問的目光，朝龍鷹瞧來。

龍鷹笑道：「太少另有重任，不會陪小弟回朝。」

符太奇道：「甚麼娘的重任？」

龍鷹道：「待會說！」

博真道：「鷹爺，依你看，在一眾兄弟裡，誰人對你最夠義氣？」

龍鷹聽得抓不著頭腦，不解道：「我的兄弟，包括你在內，個個義薄雲天，何來分別？又如何量度？」

博真大樂道：「最能急你之所急者，就是最夠義氣的人。看！多麼簡單。」

虎義沒好氣道：「你又怎樣急鷹爺之所急？」

博真笑道：「技術就在這裡！大家都曉得鷹爺須為安樂的大婚籌募費用，也人人聽過就算，只有老子將事情擺在心上，為鷹爺出力，現已募得三千多兩金子，只差一千八百兩，再來一次向眾兄弟募捐，讓各兄弟慷慨解囊，鷹爺便可向安樂交差。」

全場靜默。

龍鷹大喜道：「好小子，怎籌得這麼多金子？」

向任天道：「其他的我不曉得，不過敝幫主親口答應老博，捐獻一千五百兩黃金，以示我們對鷹爺的支持。」

博真道：「幾千兩金子，對我們入寶藏而沒有空手回的暴發戶，非大數目，問題在須變賣部分珍寶。此事我們交由桂幫主代辦，到揚州某秘處起出我們的東西，依桂幫主估計，該可賣個二、三千兩黃金，不夠時便向各兄弟募捐，為鷹爺解決此一難題。」

龍鷹讚歎道：「老博果然義薄雲天！」

各人再次起鬨。

容傑問龍鷹道：「陪我們一起到揚州去嗎？」

龍鷹道：「須看情況而定。」

他這麼說，眾人均知他另有計劃。

君懷樸有感而發的道：「鷹爺何時才能歇下來？」

龍鷹乏言以對。

符太長身而起，朝龍鷹道：「是否有話和我說？」

龍鷹點頭起立，偕符太到下邊甲板去。

第十七章　規劃未來

江龍號。

船尾。

龍鷹、符太倚欄說話。

符太先問道：「真不用我返西京去？」

龍鷹歎道：「恰好相反，我不知多麼希望你陪我回去，多個伴兒。然而你和我都清楚，這是最不智的選擇。」

符太點頭道：「我的外遊不到一個月便結束，也實在說不通。」

龍鷹道：「所謂『君子不立危牆之下』，你是名副其實的外遊避禍，你不怕，但亦要為小敏兒著想。」

符太道：「很不習慣錯過與你並肩作戰的機會。」

又道：「究竟有甚麼娘的任務？」

龍鷹沉吟片刻，道：「我一直有件放不下的心事，就是嶺南，此為我們與大江聯鬥爭的關鍵，等若斷其糧路。沒有了符君侯的梅花會源源不絕對大江聯的支援，台勒虛雲怎撐得住龐大的開支？」

符太道：「你想我到嶺南去嗎？」

龍鷹搖頭道：「這方面有花間女和穆飛處理，負責與他們聯絡的是令羽。到揚州後，可找令羽說話，他會告訴你最新的情況。」

符太道：「不到嶺南，到哪裡去？」

龍鷹道：「我想你為我走一趟南詔，可順道帶小敏兒遊山玩水，不過須小心瘴毒，那是雲貴的特產。」

符太哂道：「你好像不曉得老子是神醫。」

龍鷹沒好氣道：「我擔心的是小敏兒，故提醒你。」

符太道：「到南詔幹甚麼？為你探望妻兒？」

龍鷹道：「是時候讓他們回中土來了。」

符太大吃一驚道：「一旦洩出風聲，豈非人人曉得鷹爺回來？」

龍鷹道：「所以須你親身為我走一趟，首先要在南詔放出煙幕，令人以為只是住厭了洱海，故改到別的地方去。」

符太思索道：「從南詔到金沙江，一路都是荒山野嶺，被發覺的可能性並不存在。但是呵！回到巴蜀，這麼一大群人，可隱瞞多久？」

龍鷹道：「此事必須找王昱幫忙，只他有能力掩護你們，瞞過大江聯在巴蜀的眼線。」

符太道：「好吧！到南詔前，我先找王昱。」

又皺眉道：「然此仍解決不了問題，即使躲進蜀王府去，府內人多耳雜，會傳出風聲。」

龍鷹道：「他們絕不可踏入成都半步，否則必洩露行藏。王昱要辦到的，是神不知、鬼不覺地送他們到一個絕對安全，又不虞洩露風聲，且是宜遊宜居的世外桃源去。」

符太訝道：「天下竟有這麼一個好地方？」

龍鷹道：「那亦是你安置小敏兒的不二之選，一舉解決所有問題。」

符太道：「勿賣關子！」

龍鷹道：「何來閒情？飛馬牧場是也。」

符太道：「好計！」

又問道：「若他們問我，為何從南詔遷返中土，我如何回答？」

龍鷹道：「今仗之所以能成功殺死練元，予我很大的啟發。」

符太問道：「在哪方面？」

龍鷹道：「就是人盡其才，物盡其用。在殺練元前，任何的錯失，我們都可反輸出去。」

符太道：「戰爭有哪趟不是這樣子的。」

龍鷹道：「有哪次像今趟般，到我們發現練元的飛輪戰船隊和三百多個北幫高手精銳，我們方清楚曉得面對的是甚麼？」

符太終於點頭，道：「這倒是事實。而沒有天師的『亡神嘯』，練元勢見煙花訊號立即來援，我們便要不出把戲。」

又道：「我開始有點明白你的意思。此仗勝敗關鍵，是因有精通水戰的天師為我們主持大局，策略、戰術上無懈可擊，最後，若沒有天師和法王的四枝魚槍，使練元傷上加傷，能否令他授首，尚為未知之數。」

龍鷹道：「從北幫關外的實力，可窺見田上淵在關中的實力，更是其重兵所在。忽然間鑽出個叫九野望的人來，此人才智、武功均與田上淵相埒，不到我們不承認，宗楚客和田上淵的聯盟，為現今世上最強大的聯盟，一明一暗，有謀朝篡位之力。強如台勒虛雲，亦在他們手裡吃大虧，如非得我們把楊清仁捧上大統領之位，台勒虛雲壓根兒喪掉還擊之力。」

符太道：「現在我們去掉練元，原本傾斜向韋宗集團的天秤，立告大幅擺向我們的一邊。」

龍鷹道：「勿想得太樂觀，問題在我們屢次以為摸清了老宗和老田的底子，後來都發覺是錯的。例如九卜女，直至她吹出毒針前，我們仍懵然不知有這麼一號的人物存在。」

符太歎道：「唉！說得對！」

接著道：「這麼說，今次請他們回來，是要加強我們的實力了。」

龍鷹道：「基本是這個樣子。不論萬仞雨、風過庭或覓難天，均為可與台勒虛雲、田上淵之輩分庭抗禮的不世高手。萬仞雨對關中劍派的子弟更有驚人的號召力，可一呼百應。可是，如何讓他們無痕無跡的融入這個皇位的爭奪戰裡，則令人費煞思量。」

符太同意道：「確令人頭痛，因是不可能的。更大的問題是，他們若在，龍鷹也不會距離太遠。」

龍鷹道：「在目下的形勢，當然不可能，可是將來呢？」

符太現出深思的神色，咀嚼龍鷹的話。

龍鷹道：「觀乎西京形勢的發展，不但絕非一成不變，且進入了急遽變化的時期，今天的顧忌，明天不復存在。當李隆基進佔關鍵位置的一刻，我們還何來顧忌，我也可以龍鷹的身份，受李隆基之邀打正旗號回來。」

接著加重語氣道：「我們苦待的，正是這麼的一個時機。」

符太點頭道：「有道理！」

龍鷹道：「在這個時機出現前，我們非閒著無事。」

符太精神一振，道：「是否到嶺南幹活？」

龍鷹笑道：「正是如此。情況與今次打垮北幫關外的勢力雷同，藉削弱北幫的勢頭，達至關中的平衡。嶺南更為大江聯的命脈和大後方，梅花會之於大江聯，如狼寨之於突厥狼軍。」

符太歎道：「精采！老子揹上背的任務，忽然變得充滿意義。」

龍鷹道：「請他們三位大哥回來，不獨為皇位的爭奪戰，更為未來與默啜的終極一戰，我們須以最強大的陣容，方能重演唐初開國時，殲滅東突厥的戰績，為李隆基盛世的開展鋪出康莊大道。」

符太歎道：「想想已教人熱血沸騰，手癢得要命。」

又道：「現時我人生渴想的兩大願望，排在首位的，當然是親手格殺田上淵，接著就是和拓跋斛羅決一死戰，其他的，惹不起我的興致。」

龍鷹道：「說到底，仍屬匹夫之勇，為求最後的勝利，我們須超越自身的局限，看得更闊更遠，其他一切，看老天爺的安排，如此方可靈活多變，不滯於物事。」

符太苦笑道：「竟趁機教訓我，不過你說的不無點歪理，我也一心殺練元，最終卻由小戈得手，大有『天網恢恢，疏而不漏』的味道。」

龍鷹欣慰的道：「難得太少接受。」

符太道：「我確有改變，這一輪和天師、僧王日夕相處，多少受他們影響，特別是他們因掌握天地之秘而來的瀟灑寫意，毫無執著的態度。」

接著道：「唉！他奶奶的！剩是真的有轉世輪迴這麼超乎所有想像的事，做人還執而不化嗎？」

又道：「有件事，我一直想問你，但每次都因別的事分了神而忘掉。」

龍鷹訝道：「甚麼事？」

符太道：「假設你真的練成『破碎虛空』，可開啟仙門，你何時走？」

龍鷹頹然道：「這是個我不敢想的問題，也不願面對。」

符太道：「仙門對我最大的意義，是改變了人生出來便一直在等死的絕局，等待的將是另一個可能性，雖然是福是禍，知道的都不能回來告訴我們，卻充盈冒險歷奇的天趣。問題來了，除了你自己外，其他人仍然在等死，包括你心愛的眾嬌妻，有過命交情的至交和兄弟。『仙門訣』絕非可努力學回來的，看的是福緣。如我不是曾誤入鬼門關，又從鬼門關給你硬扯回來，恐怕我沾不上『至陽無極』的半點邊兒。」

龍鷹捧頭道：「睡一覺再算。」

操舵的仍是小戈。

他一洗以往的悲鬱抑壓之氣，顯得神采飛揚，似從過往痛苦的泥淖脫身出來，變成另一個人。

龍鷹步出船艙，向任天正和小戈說話。向任天見到龍鷹，迎過來，偕他到一邊道：「黃昏時，我們可與幫主的船隊會合，幫主必然心懷大暢。」

龍鷹喜道：「這麼快！」

向任天道：「順風順水，滿帆行舟，我們說幾句話的時間，船已走了一里。」

龍鷹側頭瞥小戈一眼，道：「公孫逸長那小子不全是吹牛皮，小戈確予人脫胎換骨的感覺。」

向任天道：「小戈剛才求我，希望可以不再上船，回揚州後過一般人的生活。」

龍鷹道：「這個合乎情理，恐怕他每次登船，均令他想起往事，是時候幹點別的事哩！不過你老哥豈非痛失苦心栽培出來的愛將？」

向任天道：「不獨是他，包括公孫逸長、胡安他們，也包括我，練元一去，莫不有倦勤之意，希望可以歇下來，做些別的事情。」

又歎道：「戰事使人負擔沉重，心疲力累，即使手閒，心仍不閒，無時無刻不在付出。難得忽然出現了無所事事的空暇，是老天爺的恩寵。」

龍鷹道：「向大哥準備找甚麼事情來幹？」

向任天仰望晴空，徐徐道：「我不想有任何特定的目的，或許沿著大江四處逛逛，隨遇而安。」

龍鷹道：「大哥的心境改變哩！」

向任天冷哼道：「清楚情況後，陶顯揚又那麼不知自愛，誰有興趣為大江聯打生打死，想不改變也不行。」

龍鷹道：「桂幫主定有同感。」

向任天道：「洛陽將成北幫須死守的關外重鎮，他們的剋星非是我竹花幫，而是黃河幫。黃河幫乃太宗皇帝欽准的大幫，收回本身的物業，亦等於收回地盤，名正言順，官府很難干涉，至於如何辦到，由大江聯去傷腦筋，我們則坐享其成。」

龍鷹隨口問道：「可以開始做北方的水路生意了嗎？」

向任天道：「須多點時間觀察，這方面交由幫主決定。」

接著道：「鷹爺！任天真的感激。」

龍鷹笑道：「該是互相感激才對，更感激的是每一個參戰的兄弟。」

又道：「不過！最該感激的，是老天爺，運氣是任何事情成敗的決定因素。」

向任天笑道：「那我就是託鷹爺的鴻福。」

如向任天所料，是日黃昏，遇上桂有為停泊在永城附近的船隊。

見到練元號和四十五艘飛輪戰船的戰利品，桂有為和手下們幾不相信自己一雙眼睛，怕眼花瞧錯。

到曉得隨船而來還有練元的首級，無不喜出望外，歡欣如狂。

桂有為捧著練元的首級，激動至熱淚盈眶，不能自已。

是夜舉行盛大的祝捷宴。

宴後，桂有為在江龍號主持因應最新形勢的會議，大致上肯定了龍鷹和向任天的想法，就是不蹚大江聯和北幫爭奪洛陽及其附近水域的渾水。

桂有為指出大江聯，也就是黃河幫，與北幫爭奪的重心，已轉移往大河，特別是洛陽至關中的河段，成為他們必爭之地。

竹花幫一來鞭長莫及，且寒冬即臨，南人不適應北方的天氣，亦難以插手。

決定是一致的。

翌日清晨，竹花幫全部戰船回航返揚州去。

第十八章　再回牧場

龍鷹過船到桂有為的帥艦找他私下說話。

兩人在船尾密斟。

桂有為神氣之充足，乃龍鷹未見過的。

龍鷹開門見山，道：「有一件事，須幫主親自出馬，方辦得到。」

桂有為道：「只要老哥我力所能及，必為鷹爺辦得妥妥當當。」

龍鷹遂把欲將萬仞雨、風過庭、覓難天和自己四人的妻兒們，寄居飛馬牧場的願望道出，並解釋原因。

本以為桂有為必拍胸口接下來，豈知桂有為面露難色，道：「甚麼都可以，惟獨這件事老哥不敢代勞，因月令絕不會有好臉色給我看。」

龍鷹抓頭道：「何解？」

桂有為道：「月令盼你，盼得頸都長了，如此重大的事，竟非由鷹爺你親身去和她說，而是由我越俎代庖，你說她如何想？女人在這類事情上，最是敏感，無風也可起三尺浪，何況你確是過門不入。」

龍鷹苦笑道：「我不是不想去，而是去不得，試問我該以龍鷹的身份去？還是范輕舟？」

桂有為欣然道：「兩個身份都可以，因沒有分別，然為掩人耳目，當然是范輕舟較穩妥。」

龍鷹道：「老哥不是說笑吧！」

桂有為道：「一切起自河曲大捷，此戰乃自太宗皇帝滅東突厥以來，中土對突厥人最輝煌的勝利，消息傳至飛馬牧場，亦舉場歡騰，由月令親自主持祝捷宴。」

龍鷹道：「就這麼聽，看不到任何問題。」

桂有為道：「由范輕舟扮龍鷹，本身就是個問題，老傢伙們也是老狐狸，群起向場主旁敲側擊，看她對范輕舟的看法，月令偏表現得對范輕舟無可無不可的，益發惹他們懷疑。」

接著歎道：「事情並不止於此，接著的個多月，月令一副喜不自勝的模樣，有時又會無端端的臉紅。你說吧！若你是其中一個老傢伙，怎麼想？」

龍鷹可想像商月令其時的動人神態，一顆心不由灼熱起來。

以老傢伙們的精明，回想飛馬節時商月令與自己的「范輕舟」出雙入對的情況，不久又逼老傢伙們向龍鷹正式提親，而龍鷹竟然立即以名震天下的少帥弓為聘禮，與商月令定下親事，若仍猜不到扮「龍鷹」的是真龍鷹，他們的大半輩子就是白活了。

天下哪來這麼多「新少帥」，只有龍鷹，方能創造如此不世功業。

桂有為續道：「大管家秘密到揚州來見我，擺出『寧為玉碎，不作瓦全』的姿態，要我說出真相，否則立即割席。老哥我還有別的選擇嗎？只好如實道出。當然，亦警告他事關大唐盛衰，只容他們有限幾個人曉得。」

攤手道：「所以你即管以范輕舟的身份去，不會吃閉門羹。」

龍鷹道：「我可以分身嗎？」

桂有為道：「當然可以，且確有空間。籌募五千兩黃金，怎都需一段時間，這方面交給我辦。載黃金的船何時到飛馬牧場，你何時離開。看！多麼妥當。」

又思索道：「或許仍是以龍鷹的身份去好一點。」

龍鷹一時摸不著頭腦，不解道：「龍鷹現時是不可以在中土任何一個地方現身的。」

桂有為道：「但可以是龍鷹秘密往訪飛馬牧場，也只限於七、八個元老知道。」

接著歎道：「這些老傢伙的腦袋都是用花崗石造的，恪守大族林林總總的規矩，外人難以想像，像鷹爺般的新一代，更難明白他們的想法。」

龍鷹問道：「甚麼想法？」

桂有為道：「舉個例來說，就是名份。雖說你們定下親事，但你始終沒真的入贅牧場，名是虛名，是有名無實。」

停下來，好讓龍鷹消化他的說話。

龍鷹道：「這對我的計劃可有影響？」

桂有為道：「你一天未入贅，一天未為牧場嬌婿，這麼將妻兒遷往牧場，會令老傢伙感到不符禮節。」

龍鷹問道：「入贅指的是甚麼？」

桂有為道：「這個不用放在心上，只不過你將來和月令的第一個子女，隨母姓而非父姓。」

龍鷹心中苦笑，他和商月令分別在牧場和揚州努力過，仍未能開花結果，對此他沒半點把握。

問道：「如何可符合禮節？」

桂有為道：「秘密到牧場去，在老傢伙們的見證下，秘密成親，成了一家人後，老傢伙們絕對為鷹爺守口如瓶。」

龍鷹道：「這般的秘密成親，似乎更不合牧場的禮節。」

桂有為道：「那就須看是誰，是龍鷹的話，並不到他們選擇，怎都好過不知拖到何年何月，於月令亦是天大的好事。」

繼而斷然道：「就這麼辦，抵楚州後，我用飛鴿傳書，先把密函送往揚州，再由揚州以飛慣牧場路線的信鴿轉送牧場，你到牧場時，自有人出門來接你，保證除月令和老傢伙們外，沒人曉得龍鷹來了。」

又好奇的道：「月令該未見過你的廬山真貌。」

接著問道：「依你估計，從楚州到牧場去，須多少天？」

龍鷹記起上趟的魔奔，自己現今魔功大進，該可跑快點。從楚州到牧場去，等若洛陽至西京的距離。

答道：「快則六天，慢則八天。」

桂有為駭然道：「這麼快！最快的馬，日夜不停，仍沒這個速度。」

龍鷹微笑道：「這方面我有一套。」

接著吁出長長的一口氣，道：「給老哥燃起了我心內的火，真希望此刻已站在飛馬牧場的入口外。」

龍鷹從冰寒的溪水裡，把頭拔出來。

水珠徐徐流下來。

離寒冬已不到一個月，眨眨眼，秋天即將成為過去。

今趟的魔奔，與前之別，在乎「至陰無極」的成長，令他清楚朝「魔道合一」的至境，邁進一步。

現在自己是否更有施展「小三合」的資格呢？

想想當年的燕飛，確神人也。其寶刃「蝶戀花」，懂鳴叫示警，多麼不可思議。換過自己，會認為是魔種進駐劍內，但燕飛顯然未碰過《道心種魔大法》，那駐在「蝶戀花」內的又是甚麼？

任何功法，臻至最高境界，均殊途同歸，「蝶戀花」內是燕飛元神的更高層次，平時蟄伏潛藏，遇事時透過「蝶戀花」向主子示警。

又想到燕飛能在劍尖施展「小三合」，可說是武道之至，也超出了塵世武技的範疇。以自己目前的情況來說，是高山仰止。

龍鷹的「小三合」，陽盛陰衰，算不上真正的「小三合」，動輒陰竭，可知眼前當務之急，是令「至陰無極」能與魔種的「至陽無極」並駕齊驅。

龍鷹從懷裡掏出桂有為交給他的煙花火箭，點燃，抖手送上高空，發出「砰」的聲響，爆開一蓬紅色的雨花。

接著奔上山坡。

壯麗的山城，展現前方。

一線曙光，出現在後方地平盡處。

龍鷹盤膝坐在丘頂，頭髮仍是濕漉漉的。剛才他剃掉「范輕舟」的鬍鬚，還其本來面目，感覺煥然一新。

遠眺山城，前塵往事湧上心頭。

飛馬牧場是他生命裡的大轉折，就是在來此途上，他經歷第二次死亡，也與大江聯的關係，出現顛覆性的改變。

最迷人處，他竟得到天之驕女商月令的青睞，飛馬節更是為他而舉行，想想足教他心迷神醉。

馬蹄和車輪聲從山城遙傳過來。

飛馬牧場對他的煙花火箭做出應有的反應，派馬車來迎，合乎保密之旨。

商月令會否在馬車內？

可能性很小。

首先是不符禮節，哪有待嫁姑娘，自己出門來迎接未來夫婿的。

若真的如此，久別重逢下，龍鷹肯定自己會在車廂內魔性大發，對有國色天香之姿的嬌貴場主，縱情放肆，商月令能否憑自己的力量步下馬車，未知之數也。

想到這裡，心裡暗罵自己色性不改，竟在美麗的晨光裡，去鑽這碼子的事。

其次，今趟講明是來秘密成親，整個過程勢交由宋明川等一眾老傢伙安排和執行，恐怕須到「洞房花燭夜」，方有碰商月令的機會。

唉！

希望秘婚不是在十天後舉行，若然如此，將是畢生最難熬的十天。

想著這些平時絕不去想的事，龍鷹從西京的激烈鬥爭解放出來，即使不久前的汴河之戰，亦變成了個模糊的影子。

過去的一切，與此刻似無關痛癢。

際此一刻，他感覺到心內對商月令深刻的愛。

她即將成為自己的嬌妻。

這是老天爺對他龍鷹多麼大的恩寵。

不由想起早前在汴河符太向他提出的問題，若練就「破碎虛空」，何時走？

他當時沒答符太。

凡曉得仙門之秘者，都不可能正常得起來，可是，要抗衡因仙門而來的奇異心態，唯一辦法就是在這個現實的世界裡，忘情的過「正常的生活」。

馬車出現在山路上，駕車的是梁石中，牧場馬球隊的成員。

龍鷹長身而起，奔下坡去。

《天地明環》卷二十一終

懷念一個不平凡的人：黃祖強

月前突然收到友輩傳來黃祖強兄中風入院的消息，當下半信半疑，因為我所認識的詹士，體魄一向強健，過著半隱世的生活有好幾十年，翌日收到他的死訊，才接受了他已離世這個事實。

詹士，是香港藝術館同事對他的稱呼。細算起來，我和他是同一天入職的，那是一九七九年一月二日的事。在藝術館裡，他屬於現代藝術組，我則屬於歷史繪畫組。那個時候，藝術館還在中環大會堂，館裡的同事只有寥寥數人，在籌辦展覽時大家一起動手，同事間關係十分密切、融洽，中午大家一起吃午飯，工餘還一起遠足、燒烤或往外地旅行。那時候他還是單身，住在梅窩桃源洞靠溪邊的一間村屋，四周頗有深林人不知，明月來相照的意境，閒時徜徉在大嶼山的山林間，像世外高人一樣。

他是與眾不同的一個人。他說話鏗鏘有力，說一不二，意志力無比堅強，信心滿滿。而且具有一種無以名狀、不可思議的通靈能力，藝術館上下同寅都找他看相（我恐怕是唯一的例外），據悉甚為靈驗。我深信，祖強兄的確有某種特異能力。前年跟他飯敘，他提到近年已消失了那種能力，神情有點失落，隱隱然我有種不祥的感覺。

做起事來，詹士幹勁十足，而且頗有領導才能。這一點環顧藝術館同寅，無出其右。他的代表作是亨利・摩爾（Henry Spencer Moore）大型雕塑展。那是香港藝術館在一九八零年代最大型的展覽，難度頗高。亨利・摩爾的作品體積龐大，異常沉重，須借助英軍的直升機吊運到每一預定的位置。詹士運籌帷幄，指揮若定，像戰場上的將軍一樣，就連隨同展覽從英國來的專家也拜服他的魄力。那時候，我們的館長是譚志成先生，他是一個異常勤奮的人，每天在館裡工作到晚上九至十時，常常要夫人致電催促才下班。他有一個習慣，往往在下班前點名召某同事入房間查詢工作進程，愚魯如我者，每每乖乖就範，但詹士卻僅拋下一句：譚生，我趕船呀，明天再談。便揚長而去，那份瀟灑，羨煞旁人。

記憶中，他對卜・戴倫（Bob Dylan）情有獨鍾，不時向同事推介卜的歌曲，去年卜・戴倫獲頒諾貝爾文學獎，相信祖強兄一定深感安慰，足證他眼光獨到。

一九八八年初，我調往香港歷史博物館，未幾，詹士也辭去藝術館一級助理館長之職。那時候，大家都感到驚訝，以他的識見和才幹，陞任館長指日可待。但從另一方面看，他天馬行空的想像力、桀驁不馴的性格，的確與公務員體系的諸多規條限制格格不入。自此以後，與祖強兄較少聯絡，但知道他筆耕不輟，經過二十多年的努力，終成為繼金庸之後，另一位武俠小說大家。尤為難得的是：他是香港土生土長的作家，更開創了玄幻武俠小說的先河。

在二零一四及一五年秋，曾先後往訪詹士在大嶼山東灣頭半山的家，這裡比桃源洞更幽深，但高山流水，景致清幽。正是在這裡，遠離塵囂的地方，完成了數以千萬字的小說。他爽朗如故，但在他的愛妻面前又柔情似水。那時候，腦海冒出一個念頭：這地方未免太偏遠了吧？萬一發生甚麼……我回心一想，祖強兄風華正茂，過若干年後再作打算也不遲。

祖強兄早年師從丁衍庸，藏有大量丁公畫作，年前捐贈了大批珍藏予香港藝術館，其慷慨可見一斑。俱往矣！斯人已逝！他留下的黃易——這個對我來說較陌生的名字，將和他的小說一道，永存於世。

丁新豹博士
前香港歷史博物館總館長
二〇一七年五月九日

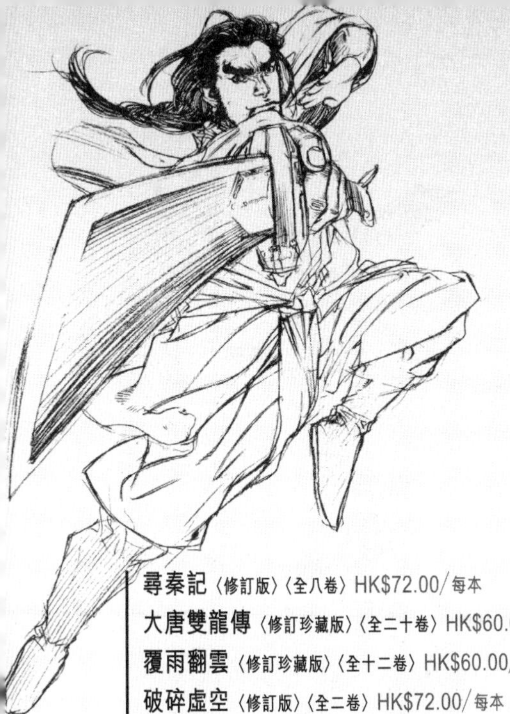

黃易叢書系列

尋秦記〈修訂版〉〈全八卷〉HK$72.00/每本
大唐雙龍傳〈修訂珍藏版〉〈全二十卷〉HK$60.00/每本
覆雨翻雲〈修訂珍藏版〉〈全十二卷〉HK$60.00/每本
破碎虛空〈修訂版〉〈全二卷〉HK$72.00/每本
荊楚爭雄記〈全二卷〉HK$42.00/每本
邊荒傳説〈全四十五卷〉HK$42.00/每本
大劍師傳奇〈全十二卷〉HK$42.00/每本
超級戰士〈全二卷〉HK$42.00/每本
幽靈船 HK$42.00/每本
龍神 HK$42.00/每本
域外天魔 HK$42.00/每本
迷失的永恆 HK$42.00/每本
靈琴殺手 HK$42.00/每本
時空浪族〈全二卷〉HK$42.00/每本
星際浪子〈全十卷〉HK$42.00/每本
雲夢城之謎〈全六卷〉HK$42.00/每本
封神記〈全十二卷〉HK$48.00/每本
文明之謎 HK$42.00/每本
盛唐三部曲之第一部曲 —— 日月當空〈全十八卷〉HK$72.00/每本
盛唐三部曲之第二部曲 —— 龍戰在野〈全十八卷〉HK$72.00/每本
盛唐三部曲之第三部曲 —— 天地明環〈全二十二卷〉HK$72.00/每本

黃易

日月當空

《盛唐三部曲》第一部——全十八卷

《大唐雙龍傳》卷終的小女孩明空，六十年後登臨大寶，以武周取代李唐成為中土女帝，掌握天下。武曌出自魔門，卻把魔門連根拔起，以完成將魔門兩派六道魔笈《天魔策》十卷重歸於一的夢想。此時《天魔策》十得其九，獨欠魔門秘不可測，從沒有人練成過的《道心種魔大法》，故事由此展開。

大法秘卷已毀，唯一深悉此書者被押返洛陽，造就了不情願的新一代邪帝龍鷹崛起武林，與女帝展開長達十多年波譎雲詭、恩怨難分、別開一面的鬥爭。

《日月當空》為黃易野心之作，誓要超越《大唐雙龍傳》，成為另一武俠經典，乃黃易蟄伏多年後，重出江湖的顛峰之作。

2

盛唐三部曲

黃易 龍戰在野

《盛唐三部曲》第二部——全十八卷

《龍戰在野》是《盛唐三部曲》的第二部曲，延續首部曲《日月當空》的故事情節。此時武曌的第三子李顯強勢回朝，登上太子之位，成為大周皇朝名正言順的繼承人，群臣依附，萬眾歸心，可是力圖顛覆大周朝由突厥汗王在背後支持的大江聯，亦成功滲透李顯集團。武曌雖仍大權在握，但因她無心政事，撥亂反正的重擔子落到龍鷹肩上。內則宮廷鬥爭愈演愈烈，奸人當道，外則突厥稱霸塞外的無敵狼軍鷹瞵狼視，龍鷹如何能挽狂瀾於既倒？其中過程路轉峰迴，處處精彩，不容錯過。

黃易 大唐雙龍傳

全新修訂版

《大唐雙龍傳》是當代華文武俠小說旗手黃易最受好評的代表作品，長達五百萬言，**至今仍是一個無人打破的武俠長篇紀錄**。書中的愛恨交織、悲歡離合，詭奇變化如天馬行空，瘋魔了中、港、台數以百萬計的讀者。

《大唐雙龍傳》一書自在本港一地發行以來，總銷售量超逾一百萬冊，反應空前熱烈，現重新修訂出版，全二十集，每集六十元正。

黃易

天地明環〈二十一〉

盛唐三部曲之第三部曲

作　　者： 黃易

編　　輯： 陳元貞

特約編輯： 周澄秋 (台灣)

發行出版： 黃易出版社有限公司

通訊處 香港大嶼山

梅窩郵政信箱3號

電話 (852) 2984 2302

印　　刷： SYNERGY PRINTING LIMITED

出版日期： 2017 年 8 月 (初版)

定　　價： HK$72.00

PRINTED IN HONG KONG

ISBN 978-962-491-387-3